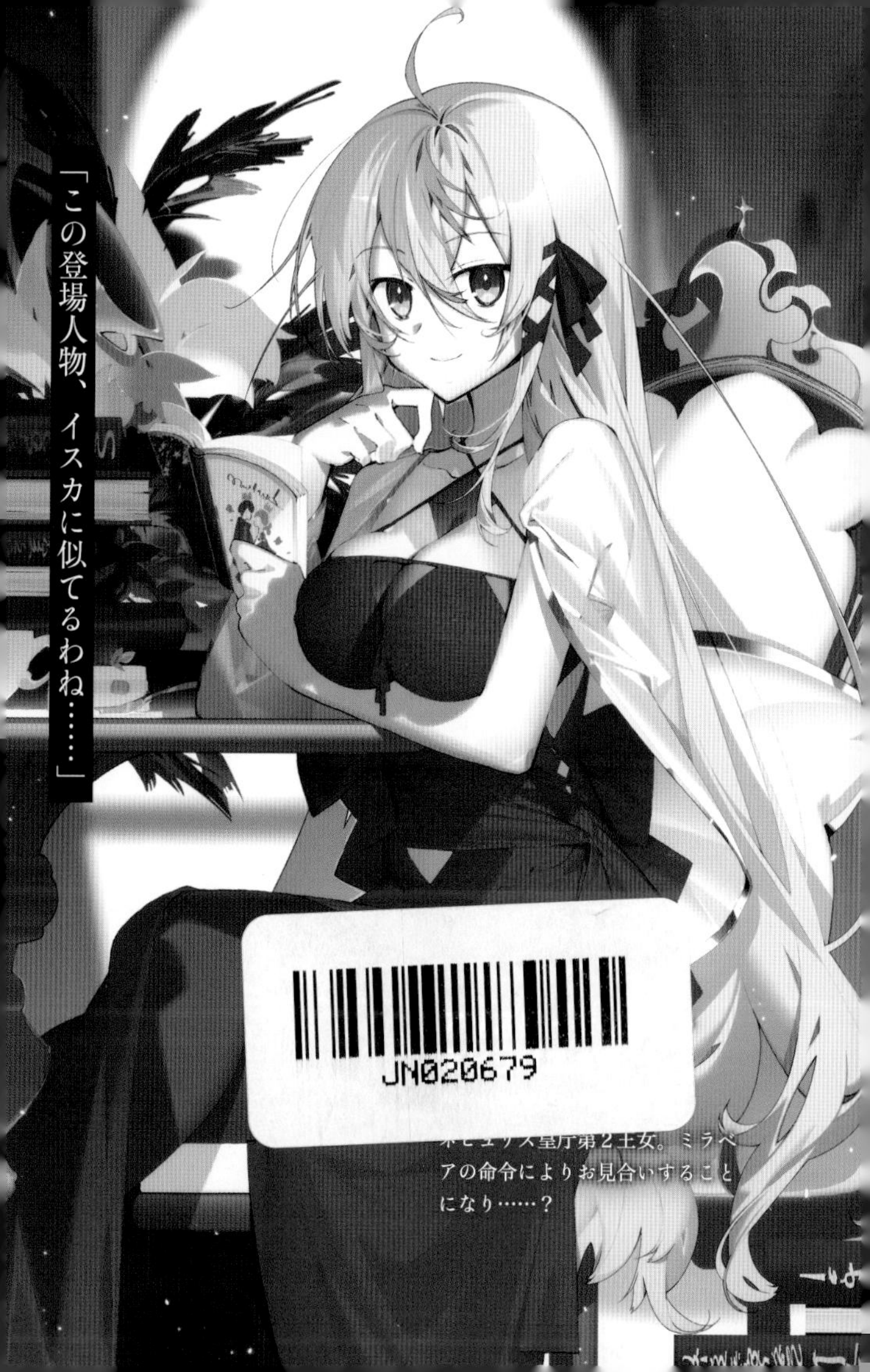
「この登場人物、イスカに似てるわね……」
JN020679
ネビュリス皇庁第２王女。ミラベアの命令によりお見合いすることになり……？

「十七歳の王女たる者、そろそろ伴侶を見つけるべき。
これは王宮の総意であり、王女の使命なのです」
ミラベア・ルゥ・ネビュリス８世
Mirabea Lou Nebulis VIII
女王。アリスたち３姉妹の母。アリスの彼氏の有無を気にしている
※長女と三女は逃亡済み

「女王様！　まだわたし彼氏もいないのに、
それを通りこして結婚前提の
お見合いだなんて早すぎですっ！」
「アリス様。
諦めてください」
燐《リン》・ヴィスポーズ
Rin Vispose
『王宮守護星』でありながら、アリスの侍女をもこなす稀有な星霊使い。嫌がるアリスを窘めてお見合いさせるが……？

the War ends the world / raises the world

Secret File

CONTENTS

キミと僕の最後の戦場、あるいは世界が始まる聖戦 Secret File

細音 啓

ファンタジア文庫

2988

口絵・本文イラスト　猫鍋蒼

キミと僕の最後の戦場、あるいは世界が始まる聖戦 Secret File

the War ends the world /
raises the world

So Ee lu, sis lavia.
交差する。

Ee yum solin-Ye-ckt-kamyu bis xin peqqy.
あなたたちは通り過ぎていくでしょう。今この時を覚えることなく。

Lu Ee nec xedelis. Miqs, lu Ee tis-dia lan Zill qelno.
振り返らなくていい。今はまだ、まっすぐ未来まで歩き続けなさい。

機械仕掛けの理想郷

「天帝国」

イスカ

Iska

帝国軍人類防衛機構、機構III師第907部隊所属。かつて最年少で帝国の最高戦力「使徒聖」まで上り詰めたが、魔女を脱獄させた罪で資格を剥奪された。星霊術を遮断する黒鋼の星剣と、最後に斬った星霊術を一度だけ再現する白鋼の星剣を持つ。平和を求めて戦う、まっすぐな少年剣士。

ミスミス・クラス

Mismis Klass

第907部隊の隊長。非常に童顔で子どもにしか見えないがれっきとした成人女性。ドジだが責任感は強く、部下たちからの信頼は厚い。星脈噴出泉に落とされたせいで魔女化してしまっている。

ジン・シュラルガン

Jhin Syulargun

第907部隊のスナイパー。恐るべき狙撃の腕を誇る。イスカとは同じ師のもとで修行していたことがあり、腐れ縁。性格はクールな皮肉屋だが、仲間想いの熱いところもある。

音々・アルカストーネ

Nene Alkastone

第907部隊のメカニック担当。兵器開発の天才で、超高度から徹甲弾を放つ衛星兵器を使いこなす。素顔は、イスカのことを兄のように慕う、天真爛漫で愛らしい少女。

璃洒・イン・エンパイア

Risya In Empire

使徒聖第5席。通称「万能の天才」。黒縁眼鏡にスーツの美女。ミスミスとは同期で彼女のことを気に入っている。

魔女たちの楽園

「ネビュリス皇庁」

アリスリーゼ・ルゥ・ネビュリス９世
Aliceliese Lou Nebulis IX

ネビュリス皇庁第２王女で、次期女王の最有力候補。氷を操る最強の星霊使いであり、帝国からは「氷禍の魔女」と恐れられている。皇庁内部の陰謀劇を嫌い、戦場で出会った敵国の剣士であるイスカとの、正々堂々とした戦いに胸をときめかせる。

燐・ヴィスポーズ
Rin Vispose

アリスの従者。土の星霊の使い手。メイド服の下に暗器を隠し持っており、暗殺者としての技能も高い。表情が乏しく何を考えているか分かりづらいが、胸の大きさにはコンプレックスがある。

ミラベア・ルゥ・ネビュリス８世
Mirabea Lou Nebulis VIII

女王。アリスたち３姉妹の母。
かつては数多の戦場を制圧した古強者。
超越のサリンジャーと因縁が？

the War ends the world /
raises the world

Secret Fil

ncer who wears
r swords and
rceress Princess of
saster

File.01

キミと僕の最後の戦場、
あるいは
決闘の二重約束《ダブルブッキング》

the War ends the world /
/ raises the world
Secret File

CONFIDENTIAL

友好条約《フレンドシップ》・都市ケルンより。

帝都《ていと》へ要請《ようせい》――

ケルン古代博物館が炎上《えんじょう》し、展示物の財宝が奪《うば》われる盗難《とうなん》が発生。

現場に星霊《せいれい》エネルギー反応あり。

すなわち――

犯行は、強力な魔女《まじょ》と魔人の集団によるものと思われる。

よって支援《しえん》を依頼《いらい》する。


「アタシ犯人がわかったよ！　この博物館でお宝を盗《ぬす》んだ犯人は……イスカ君！　イスカ君で間違《まちが》いない！」

「…………」

「ふふふ。どう？　このアタシの名推理に驚《おどろ》いたでしょ」

「驚きすぎて声も出ません。悪い意味で」

帝国軍の部隊を束ねる隊長にそう名指しされ、黒髪《くろかみ》の少年イスカは、溜息《ためいき》まじりにそう返事した。

「今さらですがミスミス隊長？　僕、隊長と一緒《いっしょ》にその犯人を捕《つか》まえるためにここに来た応援部隊のはずですが……」

「甘い！　甘いよイスカ君！」

隊長のミスミスが思いきり首を横にふってみせる。

「こういう時、犯人はもっとも疑わしくない人物って相場が決まってるの。つまり強盗《ごうとう》団を捕まえに来たイスカ君こそが真犯人に決定！」

「でも、それならミスミス隊長の方がふさわしいですよ」

「え？」

「だって僕の上司だし。僕と一緒に強盗団を捕まえに派遣《はけん》された帝国兵じゃないですか。男の僕より、女性の方が逆に怪《あや》しいパターンです」

「…………」

ミスミス・クラス隊長。

幼げな外見のせいで十代の少女にも間違われるが、これでも立派な成人女性。

世界最大の軍事国家「帝国」の部隊長であり、イスカの所属する防衛機構Ⅲ師・第九〇七部隊の上司である。

「……確かに」

そんなミスミス隊長が、真剣極《しんけんきわ》まりない顔つきで頷《うなず》いた。

「イスカ君の言うとおり。一番怪しいのはアタシかもしれない」

「でしょう」

「でも犯人はイスカ君」

「何でっ⁉」

「なーんて、言ってみたかっただけ」

ミスミス隊長が楽しそうに声を弾《はず》ませる。

「名探偵《たんてい》ミスミスの事件簿《ぼ》。どう？　帝国軍を退職したら新しい仕事に就《つ》けるかな？」

「……ええ」

絶対やめてください。

気分で犯人が捏造《ねつぞう》されるから——と、言いかけた言葉を喉《のど》の奥に押しやって、イスカは通りにある時計台を見上げた。

「あ、でもいい感じに時間も潰《つぶ》れたみたいです。そろそろですよ隊長」

「集合時間だね。アタシたちも約束の場所に行かないと」

「奪われたのって古い財宝でしたっけ？」

「そそ。この都市は遺跡発掘《いせきはっくつ》も盛《さか》んなんだって。盗んだのは、ここらへんじゃ有名な魔女と魔人の強盗団。かなり物騒《ぶっそう》な相手だし、帝国軍《アタシたち》が支援しないと危険だもん」

ミスミス隊長が通りを歩きだす。

「あ、ほらほら。あそこの博物館だよ」

都市ケルン。

この世界で百年もの戦争を続ける二大国「帝国」と「ネビュリス皇庁《おうちょう》」、そのどちらにも与《くみ》せず中立を貫《つらぬ》く独立都市である。

美しい街並みは観光客からも人気が高いのだが、つい昨日、この都市を襲《おそ》った強盗団がいたらしい。

「ねねイスカ君、建物の正面が黒く焦《こ》げてるでしょ。正面が燃え上がってみんながそっちに注目してる隙《すき》に、裏口の扉《とびら》が壊《こわ》されて財宝が盗まれたんだって」

「星霊術の炎《ほのお》ですか」

「燃《も》え殻《がら》から星霊エネルギーが検出されたみたい。魔女と魔人で結成した強盗団だっていうし」

ミスミス隊長の腰《こし》には高圧電気銃《テーザーじゅう》が収まっている。

凶悪《きょうあく》な魔女たちに対抗《たいこう》するための、帝国軍の捕獲《ほかく》用武器である。

「アタシが司令部から聞いた話だけど、こういう魔女の事件って帝国側には好都合なんだって。悪い魔女や魔人を帝国軍が撃退《げきたい》する。そうすれば帝国の信頼度《しんらいど》も上がるでしょ？

他国との国交強化に繫《つな》がるし」

「ネビュリス皇庁との戦争も有利に進められますしね」

博物館を見上げてイスカも頷いた。

――百年前のこと。

世界の覇権《はけん》を握《にぎ》っていた帝国は、ある日、この星のはるか地下に眠《ねむ》る禁断のエネルギー『星霊』を発見した。

星霊は人間に宿ることで、お伽話《とぎばなし》にある魔法さながらの力を与《あた》える。星霊を宿した女は「魔女」、男であれば「魔人」と恐《おそ》れられるような脅威《きょうい》の力をだ。

帝国は彼らを危険視し、追放。

一方で――

魔女たちは帝国の迫害《はくがい》から逃《のが》れ、新たな国家を建国した。

それが『魔女の楽園』ネビュリス皇庁である。

「……まあ。いざ帝国軍として派遣されてきたはいいけどねぇ」

ミスミス隊長がやれやれと嘆息《たんそく》。

「司令部ってば酷《ひど》いんだよ。こっちに回す派遣人数は必要最低限とか言うの。いくら戦場に人手が足りてないからって、こっちだって、魔女の強盗団とか絶対やばそうな相手なのにね」

「そのぶん僕が頑張《がんば》りますから」

「……うぅ、ごめんねイスカ君。頼《たよ》りにしちゃう」

「ええ。戦闘《せんとう》時は僕が前に出るので、隊長は指揮に専念してください」

魔女狩《が》りの剣士《けんし》。

銃器が発達した高度機械化文明で、剣のみで戦うという極めて希有《けう》な接近戦闘兵。

それがイスカである。

かつて天帝の直属護衛『使徒聖』に抜擢《ばってき》された経歴をもち、対魔女戦闘における技術は、帝国最上位の一人として挙げられる。

「ただ、僕も必ず制圧できるとは限りません。いざという時は隊長も警戒《けいかい》していて下さい。それくらい危険な相手ですから」

イスカといえど強力な魔女に苦戦することはある。

その中でも記憶《きおく》に新しいのが、唯一《ゆいいつ》、決着がつかないまま引き分けで終わった戦いだ。

……やっぱりアリスかな。

……あの強さは本当に別格だったから。

帝国軍が『氷禍《ひょうか》の魔女』として警戒する敵。

一人の少女を頭の片隅《かたすみ》に浮《う》かべ、イスカはこっそりとかぶりをふった。

「ところでミスミス隊長、待ち合わせの人はまだでしょうか」

「ねー。アタシも探してるの。ここの都市議員さんから帝国軍に加勢の要請が来たから、その人と待ち合わせなんだけど」

二人できょろきょろと辺りを見回す。

そこへ。

「燐《リン》、議員との待ち合わせの場所はここね？」

「はいアリス様。あの博物館が今回の被害《ひがい》を受けた建物でしょう。その正面で待ち合わせとのことです」

近づいてくる足音。

それと共に、少女二人のこそこそ話が聞こえてきた。

「星霊使いの強盗事件なんて……本当にひどい話よ。星霊の力を悪用だなんて、星霊使いの風上にも置けない。わたしたち無関係の星霊使いまで怖《こわ》がられて、『魔女』とか『魔人』とかの蔑称《べっしょう》で呼ばれかねないわ」

「強盗団は、皇庁《わがくに》から追放された星霊使いでしょうね」

「許せないわ。皇庁の星霊使いが他国を襲うなんて重罪よ。皇庁の王女として、わたしが絶対に捕まえてやるんだから！」

怒《いか》り心頭《しんとう》とばかりに少女の声が強まるのだが。

……あれ、この声？

どこかで聞いたような。

イスカにとっては妙《みょう》に聞き覚えのある声だ。

「ねえイスカ君？　いまアタシ、聞き覚えのある声が聞こえた気がするの」

同じくミスミス隊長がふしぎそうに首を傾《かし》げる仕草。

と。

そんな隊長の肩《かた》が、歩いてきた金髪《きんぱつ》の少女とぶつかった。

「きゃっ？」

「あ、ごめんなさい！　アタシがよそ見してて……！」

慌《あわ》てて頭を下げるミスミス隊長だが、互《たが》いに肩先が触《ふ》れた程度だ。

「大丈夫《だいじょうぶ》ですか？」

「お気遣《きづか》い感謝しますわ。こちらこそ注意が足りず申し訳ありません」

金髪の少女が愛らしく会釈《えしゃく》。

年齢《ねんれい》はイスカと同い年ほどだろう。愛らしく可憐《かれん》な相貌《そうぼう》に、健康的で大人びた身体《からだ》つきがよく映《は》える。

「それでは失礼しま………？」

金髪の少女が、ピタリと動きを止めた。

ミスミス隊長ではない。

隊長の後ろのイスカを見た途端《とたん》に、凍《こお》りついたように足を止めたのだ。

「……え？」

「……あれ、まさか」

一方のイスカも、金髪の少女を前に息を呑《の》んでいた。

見知った仲。

いや、そんな表現では生温《なまぬる》い。なにしろ自分《イスカ》と彼女《アリス》は、ここから遠い戦場で本気の決闘をした敵対関係なのだから。

「アリスっ⁉」

「イスカ――――っ⁉」

互いに互いを指さして。

イスカは、金髪の少女と互いの名を叫《さけ》び合っていた。

アリスリーゼ・ルゥ・ネビュリス９世。

魔女《まじょ》の楽園「ネビュリス皇庁」の王女にして、最強級の星霊《せいれい》を宿した少女だ。

異名は「氷禍の魔女」。

帝国《ていこく》の軍事基地を一人で壊滅《かいめつ》させる強さをほこり、イスカが本気で戦って唯一引き分けに終わった戦場の好敵手《ライバル》である。

「……アリスがなんでここに」

「それはわたしの言うことよ！　なんでここにキミが……それに帝国軍の上司まで⁉」

隊長《ミスミス》とイスカの姿に、アリスが目をみひらいた。

そのミスミス隊長も、超《ちょう》大物の魔女の出現という驚《おどろ》きで口がきけない状況《じょうきょう》だ。

――これは気まずい。

ここが中立都市とはいえ、戦場の敵同士がばったり遭遇《そうぐう》してしまったのだから。

「おさがりくださいアリス様！」

従者の燐が、アリスを庇《かば》うように進みでた。

強力な星霊術に加えて、護衛としての体術や暗殺技能も備えた少女である。

「……帝国剣士、また現れたか！」

殺気を隠《かく》そうともしない燐。

「さてはアリス様を付け狙《ねら》っていたか。いいだろう、アリス様に代わって、私が今度こそ貴様の息の根を――」

「待ちなさい燐」

スカートの中からナイフを取りだしかけた燐を、アリスが制す。

「ここは中立都市よ。帝国が相手でも戦闘は禁じられてるわ」

「で、ですが……」

「この都市はただでさえ星霊使いが事件を起こしてるのよ。わたしたちまで騒《さわ》ぎを起こしてどうするの」

「……はい」

「そういうことよイスカ、残念だけどキミと決着をつける時間はなさそうね」

皇庁の王女アリスが、やれやれと溜息《ためいき》。

「帝国兵のキミには詳《くわ》しく言えないけど、この都市で厄介事《やっかいごと》が起きちゃったの。わたしはその事件解決のために大忙《おおいそが》しだから」

「もしや、あの博物館で起きた強盗《ごうとう》事件？」

「あら？」

きょとんと目を瞬《またた》かせるアリス。

「なんでキミが知ってるの？」

「僕とミスミス隊長が、その強盗団の捕縛《ほばく》に呼ばれたから」

「……キミが？」

ネビュリス皇庁の姫《ひめ》が、まじまじとこちらを見つめ返してきた。

「待って、そんなことありえないわ。中立都市だからってネビュリス皇庁と帝国の両方に応援《おうえん》を要請《ようせい》するなんて、前代未聞《ぜんだいみもん》よ！」

確かにアリスの言うとおり。

なぜなら二つの国家は戦争中だ。その二国が力を合わせて強盗団を撃退しろというのは、あまりに話として強引《ごういん》すぎる。

「イスカ、よく聞きなさい」

アリスが、一歩前に出た。

「これは星霊使いが起こした不祥事《ふしょうじ》よ。その汚名《おめい》は、星霊使いの王女たるわたしが直々に返上するのが筋というもの。キミが現れる道理はないわ」

「いや、あるだろ」

そのアリスに、イスカは堂々と応じてみせた。

「これは星霊使いの犯罪だ。なら、星霊使いとの交戦経験が豊富な帝国兵《ぼくら》が応援に駆《か》けつけるのは筋が通ってる」

「いいえ、ここで帝国軍に名声を与《あた》えるわけにはいかないわ！」

アリスが、自身の豊かな胸に手をそえて。

「これはわたしが受けた依頼《いらい》よ！」

「で、でも！　それならアタシたちも帝国軍の司令部を経由して、正式に要請を受けて来てるんですってば！」

言い返したのはミスミス隊長だ。

「そっちこそ本当に依頼を受けたんですか？」

「当然！」

従者の燐がそこに反論。

「お前たちこそ本当に――」

「あ……ねえ燐。あそこの彼が今回の依頼主じゃない？」

燐の口上をアリスが遮《さえぎ》った。

被害を受けた博物館から現れたのは、スーツを着た男性だ。

まだ若手であろう議員だが、議員というより議員の秘書の方が似合いそうな気弱で几帳《きちょう》面《めん》そうな面立《おもだ》ちである。

「いやはやお待たせしました。議員のドンペリと申します……！」

深々と頭を下げる。

そんな彼が、最初に目を向けたのはミスミス隊長だった。

「どうも。ええと……」

「帝国軍から派遣《はけん》されました、隊長のミスミスです。こっちは部下のイスカ君。アタシたちが来たからには大船に乗った気でいてください！」

ミスミスがどんと胸を張る。

「アタシは頑張《がんば》らないけど、部下のイスカ君が頑張ります」

「……いや隊長もですよ？」

「はっはっは。ありがとうございます。その余裕《よゆう》がまた頼《たの》もしい！」

ドンペリ議員が声を弾《はず》ませる。

次に、アリスと燐にふり返って。

「どうもどうも。あなた方はええと……」

「ネビュリス皇庁《おうちょう》から参りました。皇庁第二王女のアリスリーゼと申します」

アリスが恭《うやうや》しく頭を下げた。

「此度《このたび》は、大変なご迷惑《めいわく》をおかけしましたわ。博物館の修繕費《しゅうぜんひ》や負傷された方々の治療《ちりょう》代など、すべて我が国が負担させていただきます」

「王女様⁉　あのネビュリス皇庁の王女でいらっしゃると！」

彼が目をみひらいた。

それもそのはず。世界二大国の一つであるネビュリス皇庁の王女が、こんな辺境の都市へ直々に赴《おもむ》いてきたのだ。

それもとびきりの美少女とくれば、この興奮ぶりも当然だ。

「ご安心くださいね。犯人はわたしが責任もって捕《つか》まえてみせます。どうか大船に乗った気でいてください」

「光栄でございますアリス王女！」

固い握手《あくしゅ》をかわす議員とアリス。

そんな光景に。

「ちょっと待って――っ⁉」

ミスミス隊長が、議員とアリスの間に割って入った。

「おかしいです！　ドンペリさん、アタシたち帝国に協力を要請したんですよね！」

「もちろんです！」

力強く頷《うなず》く本人。

と。そこへアリスの従者・燐が。

「ドンペリさん？　ネビュリス皇庁にも要請をされたと思われますが」

「はい。もちろん星霊使いの強盗団を捕まえる要請をいたしました………あれ？」

ようやく何かに気づいたらしい。

右側にいるイスカとミスミス隊長。

左側にいるアリスと燐。

両国から派遣されてきた陣営《じんえい》を見比べて。

「帝国。皇庁……おかしいな。二人の秘書に、頼《たよ》りになりそうな国へ応援を要請しろと言ったのですが。あれ、まさか」

「……燐、わたし理解したわ」

アリスが、珍《めずら》しくも苦笑い。

「彼には秘書が二人いたんですって。強盗団を捕まえるために秘書たちが手当たり次第《しだい》に戦力を要請したのね。焦《あせ》る気持ちはわかるけど」

「はいアリス様。秘書の一人が皇庁に。別の秘書が帝国に協力を要請していたと」

「え。それってまずいんじゃ……」

唖《あ》然《ぜん》とした表情で呟《つぶや》いたのはミスミス隊長だ。

「だよねイスカ君？」

「二重約束《ダブルブッキング》ですね。それも最悪中の最悪です。よりによって僕らの帝国《ていこく》と皇庁の両方に応援を頼んでいたなんて」

「そんな⁉」

議員の顔がたちまち真っ青に。

「私の秘書たちが、戦争中の二大国を一箇所《いっかしょ》に呼びよせてしまったと……ひぇぇぇえっっ、ここで戦争がっ⁉」

「あ、いえ大丈夫《だいじょうぶ》です。落ちついて」

慌《あわ》てて議員をなだめるイスカ。

「ここは中立都市です。帝国と皇庁が出会っても戦闘《せんとう》は禁止されています」

「そ……そうですか……」

「そうです。そこは僕らも心得ています」

頷きつつ、アリスに目配せ。

――そういうことで。

――ええ。異存ないわ。

アリスも納得《なっとく》の面持ちで首肯《しゅこう》してみせる。

というのも、実はイスカとアリスは中立都市で出会ったことが既《すで》にあるのだ。

出会うどころか食事さえ同席だった仲である。

……あの時と似たようなものだから。

……こうして偶然《ぐうぜん》居合わせるくらい慣れっこだし。

中立都市では互《たが》いに矛《ほこ》を収める。

それはイスカとアリスにとって、さほど珍しい話ではない。

「でも大事な話が残ってるわ」

アリスが、牽制《けんせい》まじりのまなざしで腕組《うでぐ》みしてみせた。

「どちらがこの依頼を受けるのか。そこをはっきりさせておきましょう」

「ああ、もちろんだ」

二重約束《ダブルブッキング》。

帝国とネビュリス皇庁のどちらかが譲《ゆず》らねばならない。

——皇庁《アリス》が退《ひ》くべきだ。

——帝国《イスカ》が退きなさい。

そんな二人の視線が交叉《こうさ》。

「いいことイスカ？」

アリスがすっと前に出た。

「星霊《せいれい》使いの強盗《ごうとう》団は、皇庁《くに》を追われた者の集まりよ。それが暴れたとなれば王女《わたし》の手で捕まえるべきなの」

「いいや。凶悪《きょうあく》な星霊使いから民衆を守るのは帝国兵《ぼくら》の義務だ」

イスカとて一歩も退かない。

今回の行動は司令部から発令された正式な任務である。退くわけにはいかない。

何より——

ここで逃《に》げたらアリス（イスカ）との意地の張り合いに負けた気がする。

「…………」

「…………」

「……まあでも、ここで時間を費《つい》やすのはさすがに良くないわね」

アリスがやれやれと溜息《ためいき》。

「帝国介入《かいにゅう》の口実を作ってしまった皇庁に非があるのは認めるわ。だから最大の譲歩《じょうほ》よ。正々堂々と競争しましょう」

「犯人たちを捕《と》らえる勝負ってこと？」

「ええ。でも手下をいくら捕まえても解決にならないわ。狙《ねら》うは主犯《リーダー》よ。組織の頭を捕らえた方が手柄《てがら》を独《ひと》り占《じ》めでどう？」

「僕はそれで構わない。どうですかミスミス隊長」

「うん。アタシもそれでいい」

ミスミス隊長も納得した様子で首肯。

現実的な妥協案《だきょうあん》だし、これならば帝国司令部からの命に違反《いはん》することにはなるまい。

「決まりね」

前髪《まえがみ》を軽《かろ》やかに払《はら》って、アリスが議員に目を向けた。

「さあ議員さん、強盗団の行き先を教えてくださいな。そして車の準備を。運転は燐がで
きるので心配ご無用ですわ」

「お任せを！……ただ車は一台だけですが」

「え？」

きょとんとアリスが目を瞬《またた》かせる。

「どういう意味ですの？」

「ご用意した車が特別な装甲車《そうこう》でして、その……まことに恐縮《きょうしゅく》ながら一台きりしか用意し
てなかったんです」

議員の声がどんどん小さくなっていく。

「……まさか二重約束《ダブルブッキング》になっているとは思わなかったので」

「え。それは弱ったねイスカ君、どうしよ？」

ミスミスも困ったように腕組み。

「車は一台なんだって。アタシたちも今日はここまで帝国のバスに輸送してもらったから他《ほか》に車はないし……」

「背に腹は代えられません。どちらも譲る気がないなら答えは一つです」

正面のアリスを見やる。

イスカとて正直気まずいことは承知の上だが、急がなければ強盗団に逃げられる。

つまり、一台の車で仲良く相乗りするしかない。

「アリス」

「……偶然《ぐうぜん》ね。わたしも同じ結論にいたったわ」

淡々《たんたん》と応じるアリス。

と思いきや、彼女は少しだけ恥《は》ずかしそうにそっぽを向いてしまった。

「わ、わかってるわねイスカ。帝国のキミと同じ車に乗るなんて、これが最初で最後なんだから！」

都市ケルン近郊《きんこう》――

小高い木々が並び立つ森林地帯を、一台の装甲車が駆《か》けていく。

「イスカ君、この方角だよね？」

「はい。右手に大きな森が見えますよね。この森の北側に強盗団が逃げていったとの目撃《もくげき》情報があるそうです」

運転席に座るのがミスミス。

一方のイスカは後部座席で、地図を見ながら指示する役だ。

「森の中にアジトがあるかもしれません」

「じゃあ、このまま北上ね！」

ミスミス隊長が軽やかにハンドルを切る。

その勢いでアクセルペダルを踏《ふ》もうとして。

「……あのところで」

突《つ》きつけられたナイフを横目に、怖々《こわごわ》と声をふりしぼった。

「……速度、上げていいよね？」

「許可しよう」

ナイフを突きつけている張本人――燐が、冷ややかな口調で。

「だが忘れるな。この車にはアリス様が乗っておられる。怪《あや》しい真似《まね》をするようならば、このナイフが貴様に風穴を開けることになる」

「しないよっ⁉　アタシ怪しい真似なんてしないもん！」

まさかの二重約束《ダブルブッキング》による、まさかの相乗り。

運転するのがミスミス隊長。

それを助手席から見張るのが燐という配置である。

「痛い痛いっ⁉　さっきからナイフが肩《かた》に当たってるよ⁉」

「運転が不安定だ。怪しい、何か企《たくら》んでいないだろうな？」

「そのナイフが肩に当たって痛いからだもん！　いやぁぁっ助けてイスカ君、上司のピンチだよぉ！」

「助けたいのは山々ですが……」

隊長の訴《うった》えを目《ま》の当たりにしつつも、イスカにも動けない理由があった。

後部座席――

そう、自分の隣《となり》には優雅《ゆうが》に座る金髪《きんぱつ》の少女の姿がある。

「僕も身動きとれないんです」

「……それどういう意味かしら？」

アリスが横を向いた。

この車は大型車両だが、車体の強度を上げるために装甲が厚くなっていて、後部座席はちょうど二人分。

「アリスさ、もっと詰《つ》められない？」

「それはわたしのセリフよ。キミこそもっと詰められそうだけど」

「僕の方には剣《けん》が置いてあるんだよ」

イスカは剣士だ。

常に二本の剣を持ち歩き、この車でも座席の隅《すみ》に立てかけてある。

「アリスの方が広くない？」

「そんなことないわ。キミと同じくらいよ……ほら！」

座席から腰《こし》をうかすアリス。

彼女の座っている席とイスカの座席を見比べようと立ち上がった、その途端《とたん》。

「あ！　車見つけたっ!?」

ミスミスが突然《とつぜん》急ブレーキ。

その反動で車が大きく揺《ゆ》れて、立ち上がっていたアリスが倒《たお》れこんできた。

「わっ」

「きゃっ⁉」

抱《だ》きつくように倒れてきたネビュリス皇庁《おうちょう》の王女。しかも前のめりになっていたせいで、座るイスカの顔めがけて、豊かな胸を押しつけるような体勢でだ。

イスカの頬《ほお》に、何とも肉厚な感触《かんしょく》が。

「いやぁぁあっっ⁉　イスカ、どこに顔をうずめてるの！」

「倒れこんだのはアリスだろっ！　っていうかどいてくれってば……！」

覆《おお》い被《かぶ》さってきたアリスの身体《からだ》を、乱暴にならない程度に押しのける。

そのつもりが――

イスカが次に触《ふ》れたのは、アリスのスカートから露出《ろしゅつ》した太ももだった。

「今度はどこを触《さわ》ってるの⁉」

「誤解だよ⁉」

「じゃあキミのこの手は何なのよ！」

耳まで顔を真っ赤にするアリス。

絶世の美少女といっても過言ではない愛らしい容姿を間近で見て、このアリスが魔女《まじょ》であると帝国《ていこく》の誰《だれ》が信じるだろう。

ただ、そんな感傷に浸《ひた》っている余裕《よゆう》はイスカにない。

「イスカのばかっ、破廉恥《はれんち》！」

「アリスが倒れこんできたから受けとめただけだって！」

「それとこれとは別よ！」

後部座席から悲鳴と絶叫《ぜっきょう》。

が。

「イスカ君、ちょっと静かに」

「アリス様、ここは強盗団の縄張《なわば》りです。車内とはいえ大声を出されて聞こえてしまっては問題かと」

「……はい」

「……はぁい」

両陣営《じんえい》から厳しい視線を送られて。

イスカとアリスは、互《たが》いに顔を見合わせたのだった。

「キミのせいで燐に叱《しか》られたわ」

「アリスのせいで隊長に怒《おこ》られたし」

暗い森の入り口で。

「燐、この車で間違《まちが》いないわよね」

「はいアリス様。十中八九、犯罪者たちが逃走《とうそう》に使った車と思われます」

木陰《こかげ》に停《と》めてあった車を指さすアリスと燐。

この車を見つけたために、ミスミス隊長は急ブレーキをかけたのだ。

「お手柄《てがら》です、さすが隊長」

これにはイスカも脱帽《だつぼう》だ。

なにしろ巧妙《こうみよう》に隠《かく》されていたのをずばり見つけ出したのだから。

「よく見つけましたね。こんな木陰、しかも茂《しげ》みに隠れてほとんど見えないのに」

「えへへ。まあそこは長年の経験ってやつ？」

ミスミスが照れ笑い。

「ほら、帝都は駐車代《ちゆうしや》が高いでしょ。人目のつかない所に無断駐車するのがアタシの得意技《わざ》だし。どこに車を隠すのかわかるんだよねぇ」

「最低な経験だっ⁉」

「いやいや今はしてないよ。アタシの若い頃《ころ》の過《あやま》ちだから」

「……本当でしょうね」

ともあれお手柄だ。

強盗《ごうとう》団も、この車が見つかるとは思ってもいないだろう。

「燐、この森の奥かしら」

「はい。アジトを隠すのには恰好《かっこう》の場所です。とはいえアジトを捜《さが》すのは骨が折れるでしようね」

生《お》い茂る草木に阻《はば》まれて、数メートル先も見渡《みわた》せない。

ここからアジトを見つけるには、地道に森を探検して捜すしかないだろう。

「——イスカ、わかってるわね」

突きでた岩を踏みつけて。

氷禍《ひょうか》の魔女アリスが、しんと静まる森の深部でふり向いた。

「馴《な》れあいはここまでにしましょう。ここは中立都市の外よ。わたしとキミは敵だから。協力しあうことはありえないもの」

敵国の王女としての強い口調。

「そうでしょ？」

「ああ」

そのまなざしを正面から受けとめる。

むしろイスカからいつ切りだすか考えていたところだ。狙《ねら》う獲物《えもの》は同じだが、自分たちは決して協力を望んでるわけではない。

ここからは競争だ。

「さっきの話のとおりよ」

木々の並ぶ獣道《けものみち》をアリスが指さした。

「財宝を盗《ぬす》んだ強盗団は、この森のどこかにいるわ」

「わかってる。主犯《リーダー》を捕《と》らえた方が手柄を独《ひと》り占《じ》めってことだろ？」

勝者がすべてを得る。

強盗団を捕らえた懸賞《けんしょう》金と名誉《めいよ》を独り占めするというわけだ。

「ここで分かれましょう」

「わかった。じゃあ僕らは右の道だ」

ミスミス隊長に目配せし、右へ続く獣道をイスカは歩きだした。

「燐、行くわよ。わたしたちは左側の方を捜しましょう」

アリスと燐は左へ。

二人の少女が茂みの中へと去っていく。

「……うん。いよいよ本格的な任務だね！」

緊張《きんちょう》の面持《おもも》ちでミスミス隊長が銃《じゅう》を取りだした。

帝国軍の高圧電気銃《テーザー》。

今回は強盗団の捕縛《ほばく》が目的のため電気銃である。とはいえ帝国軍の武器であるこの銃は、戦闘《せんとう》用に極限まで出力を上げている。

至近距離《きより》から撃《う》てば、一撃《いちげき》でクマさえ気絶させる代物《しろもの》だ。

「イスカ君、先に言っておくよ」

「はい」

「後ろから撃っちゃったらごめんね」

「なに言ってるんです⁉」

「いやほら、アタシ焦《あせ》ると銃の狙いが悪くなるんだよねぇ」

「……撃つ前から言い訳しないでください」

だが実は笑い事ではない。

現実でも、戦場の犠牲者《ぎせいしゃ》の三割近くが、背後にいる味方からの援護射撃《フレンドリーファイア》によるものというデータもあるのだ。

「この銃は預かっておきます」

「あっ、ちょっと⁉」

「隊長はもう十分な功績を上げました。強盗団の車を発見したんですから」

木の枝を払《はら》いのけて、暗い森を進んでいく。

「ここから先は僕の役目です。主犯《リーダー》を捕《ほ》獲《かく》するにしてもまずはアジトを見つけないと」

「あの二人より先に、だよね」

「向こうが先にアジトを見つけたら、まず確実に主犯《リーダー》の捕獲も先行されます」

「……まあそうだよね。氷禍の魔女だし」

帝国軍の基地を一人で壊滅《かいめつ》させた逸話《いつわ》――

その逸話の持ち主が他《ほか》ならぬアリスなのだ。魔女たちの強盗団など彼女にとっては敵にもなるまい。

「よし、なら気合い入れていかなきゃね！」

茂みをかきわけていくミスミス隊長。

「イスカ君も気をつけて。ここがアジト周辺なら罠《わな》が仕《し》掛《か》けられてるかも！」

「隊長、目の前に尖《とが》った枝の先端《せんたん》が」

「え？　あ痛《いた》――っ⁉」

愛らしい女隊長の額に、フォークの先のように鋭《するど》い枝が突《つ》きささった。

「ほら足下《あしもと》ばっかり見てるから」

「あううぅっ……」

涙目《なみだめ》でついてくるミスミス隊長。

と。そんな女隊長が足を止めてパチクリと目を瞬《また》かせた。

「あ、ねえイスカ君」

「隊長、木の枝に気をつけて」

「そうじゃなくて。ほらあそこ。あの焦《こ》げ茶《ちゃ》色の布ってテントじゃない？」

「え？」

隊長の指さす方へと目を凝《こ》らす。

密生した木々の幹のスキマに、迷彩色《めいさいしょく》のドーム型テントが確かに覗《のぞ》いているではないか。

——見覚えがある。

ネビュリス皇庁で使用されるゲリラ戦用の野営テントだ。

強盗団のアジトで間違いない。

「え。すごい隊長……」

「まあねっ！　やっぱり無断駐車で鍛《きた》えた広い視野のおかげだねぇ」

「それはちょっと……でもまずいな。予想以上に大きな集団かもしれません」

テントの数が五つ。

総勢で十四、五人？

ネビュリス皇庁《おうちょう》の正式な星霊《せいれい》部隊一個にも匹敵《ひってき》する規模だ。制圧できない数ではないが、配下に手間取れば主犯《リーダー》に逃《に》げられる可能性がある。

……どうする。

……しばらく様子見が無難か？

木陰に隠れて機を窺《うかが》う。

そんなイスカたちの目の前で、茂みが大きく揺《ゆ》れた。

「アリス様、見つけました。強盗団のアジトに違いありません」

「お手柄よ燐、さすがわたしの従者！」

従者の少女。

続いて、華《はな》やかな衣装《いしょう》に身を包んだ金髪《きんぱつ》の少女が茂みから顔を覗かせた。

「イスカもまだ来てないはず。先手必勝ね！」

「しかしアリス様、思った以上に強盗団の規模が大きいようです」

主《あるじ》の前に立つ燐が、保護色のテントを慎重《しんちょう》に見つめる仕草。

「様子を見ますか？」

「いいえ突撃《とつげき》よ」

堂々と、そしてあくまで優雅《ゆうが》に茂みからアリスが飛びだした。

「イスカに負けるわけにはいかないの。彼がここに現れる前に――」

「いるけど」

「ええいるわ………って、イスカっっっ⁉」

アリスがびくっと後ずさる。

「くっ……やるわね。ならば約束どおり主犯《リーダー》を捕らえた方の勝ち。もちろん配下も全部捕《つか》まえるわよ！」

「わかってる」

「勝負よイスカ！」

森に響《ひび》くアリスの宣誓《せんせい》。

アジトにいる強盗団にも聞こえる声量でだ。

「この声は⁉」

「都市の追っ手か！」

テントから飛びだしてくる魔女《まじょ》と魔人たち。

その腕《うで》や頬《ほお》などに浮《う》きでた痣《あざ》は「星紋《せいもん》」——帝国《ていこく》では不吉《ふきつ》の象徴《しょうちょう》とされ、魔女と魔人が怪物《かいぶつ》と恐《おそ》れられることになった一因でもある。

そんな魔人へ、真正面からイスカは迷わず突撃した。

「帝国兵かっ⁉」

男の肩《かた》に紅蓮《ぐれん》の星紋が浮かび上がった。

炎《ほのお》の星霊。それを一目見て、イスカは大地を蹴《け》って無言で加速。岩を飛びこえて、宙に身を躍《おど》らすように魔人の頭上へ。

「業火《ごうか》、目ざめよ！」

虚空《こくう》に灯《とも》る無数の火。

そのすべてが凝縮《ぎょうしゅく》し、巨大《きょだい》な球体となってイスカの頭上に降ってくる。

これが星霊術。まさに魔法というべき力によって生みだされた巨大な火球が——

「無駄《むだ》だ」

黒の剣閃《けんせん》。

イスカが握《にぎ》る剣の一振《ひとふ》りで、掻《か》き消えた。

「星霊術を……切断した⁉」

「斬《き》れない星霊術なんてない」

ぱっと散る火の粉を潜《くぐ》りぬけて、懐《ふところ》へ。

「貴様――っ」

「遅《おそ》い」

言葉を続ける時間も与《あた》えず、イスカの肘《ひじ》打《う》ちが魔人の胸板《むないた》に突きささった。

地に倒《たお》れる男。

と同時にイスカの背後では、複数の魔女たちの悲鳴が森に轟《とどろ》いた。

「アリスリーゼ様っ⁉」

「……ど、どうしてここに！」

驚愕《きょうがく》ではない。

魔女たちの青ざめた表情にうかんだものは、恐怖《きょうふ》だった。

――全身凍結《とうけつ》。

三人の魔女たちが、いずれも首から下を巨大な氷塊《ひょうかい》に呑《の》みこまれて身動き一つできずに拘束《こうそく》されていた。

「先に言っておくわ。わたし、すごく怒《おこ》ってるの」

激情を滲《にじ》ませた声音《こわね》。

氷禍《ひょうか》の魔女と帝国軍から恐れられた「魔女の姫《ひめ》」が、行動不能となった魔女たちを一瞥《いちべつ》して先に進んでいく。

「星霊の力の悪用だなんて許せない。……わたしが来た以上、もはや逃げられないとしりなさい。さらに言うと配下に構ってる余裕《よゆう》はないの」

見つめる先は魔女たちではなく、帝国剣士《イスカ》。

アリスが三人の魔女たちを氷漬《こおりづ》けにしている間に、イスカはさらに二人を倒していた。

イスカが三人。

アリスが三人。

魔女と魔人の第一陣《だいいちじん》が、瞬く間に壊滅である。

「さすがねイスカ、でもここから先は一人も譲《ゆず》ってあげないから」

「競争だろ」

広範囲《こうはんい》という意味ではアリスの星霊術に分がある。

それを補って余りあるのが、風のごとく森を駆《か》けるイスカの運動能力だ。

「吼《ほ》えろ雷鳴《らいめい》よ！」

「それも遅い」

アリスとイスカ二人に迫《せま》った雷撃の矢を、まとめてイスカが斬り払う。

人間の反応限界を超《こ》えた剣技によって星霊術をことごとく切り裂《さ》いて、イスカが魔人に向かって走りこむ。

と思った矢先に。

「遅いのはキミよ」

イスカより早く、アリスの放った氷が強盗団《ごうとう》の男を拘束した。

「これでわたしが四人ね」

「ずるっ⁉　星霊術を潰《つぶ》したのは僕だろ！」

「捕まえたのはわたし。早い者勝ちとはこういうものよ」

えへへ、といたずらっぽく笑《え》むアリス。

その笑みは――

憎《にく》き戦場の敵に向けるものとは思えないほど、心の底から楽しそうな微笑《びしょう》だった。

「ほらイスカ、次が来るわ。剣を構えてちょうだい」

「くっ……だから卑怯《ひきょう》だぞアリス！」

飛び来る星霊術をイスカが片《かた》っ端《ぱし》から斬り落として、その隙《すき》にアリスが魔女たちを凍結させていく。

実に美しい連携《れんけい》ではあるが、イスカとしては手柄《てがら》を横取りされ続けている状況《じょうきょう》だ。

「僕の獲物《えもの》……！」

「あら、これは競争よ。共闘《きょうとう》とは違うんだから」

イスカの後ろを追いながらアリスが声を弾《はず》ませる。

「これでわたしが六人。イスカは三人のままね」

「いいや、主犯《リーダー》を捕まえた方が勝ちだろ」

アリスの前を走り続けるイスカ。

運動能力では圧倒的《あっとう》に自分が優位である以上、主犯《リーダー》を見つけて追いかけるのもこちらが有利である。

アリスより先に主犯《リーダー》を見つけて捕《と》らえるまでだ。

が。

「おかしいわ。主犯《リーダー》がいない……？」

五つのテントが並び立つ中央で足を止め、アリスが周囲を見回した。

「目撃された主犯《リーダー》は黒髪《くろかみ》をした女の星霊使いよ。まだ十代だろうって言われたわ。でも、今まで倒してきた中にはいないわ」

「こっちもだ。テントの中にいない」

テントの布地を切り裂いて覗きこむイスカだが、ここにも主犯《リーダー》の姿はない。

アジトの中にも外にもいない？

「イスカ君、右側！」

「アリス様、テントの裏から森の奥へ走っていきました！」

遠くから、ミスミス隊長と燐の声が見事に重なった。

「あそこか！」

暗い茂《しげ》みをかきわけて逃げていく黒髪の魔女。

その背中はもう、木々の枝葉と茂みに隠《かく》れてほとんど見えなくなっている。

……まずいぞ。

……こんな見晴らしの悪い森だ、逃《のが》したら追跡《ついせき》はまずできない。

追いかけるにも距離《きょり》がありすぎる。

「イスカ、跳《と》びなさい！」

声は後方から。

星霊使いの王女アリスの、凜《りん》と澄《す》んだ声がこだました。

「──氷禍・『白夜《びゃくや》の神楽殿《かぐらでん》』」

視界が真っ白に染まる豪雪《ごうせつ》まじりの突風《とっぷう》が、みるみると地面を凍《こお》りつかせていく。

氷の大地へ。

草木に覆《おお》われた地面を凍りつかせた冷気が、さらに奥──まさに逃亡《とうぼう》していた魔女へと追いついた。

「……氷がっ⁉」

凍りつく木々を見て、主犯《リーダー》の少女が目をみひらいた。

氷の蔓《つる》に足を絡《から》み取られて転倒《てんとう》。

だが少女も歴《れっき》とした魔女であり、そして強盗団の主犯《リーダー》である。

「……風よ、砕《くだ》け！」

足に絡みついた氷の蔓を旋風《せんぷう》によって引き千切り、あわてて立ち上がる。

そこへ――

「終《しま》いだ」

「え？」

凄《すさ》まじい速度で迫る帝国剣士。

とん……

機械的な精度で放ったイスカの手刀が、魔女の後頭部を打った。

アリスの氷術は最初から足止めだ。

数秒でいい。この女の動きを止めればイスカなら必ず追いつく。そう信じきった上での咄嗟《とっさ》の策だった。

「倒した？」

「ああ、昏倒《こんとう》してる」

主犯《リーダー》の少女も倒して強盗団は壊滅《かいめつ》。

そう、普通《ふつう》ならばこれで「めでたしめでたし」で終わるところだが。

「さすがわたしね！　主犯《リーダー》も捕《つか》まえたしこれで一件落着よ！」

「ちょっと待った」

勝利宣言を上げるアリスに、待ったをかけたのはイスカである。

「主犯《リーダー》を捕まえたのは僕だろ。逃《に》げるところを仕留めたんだから」

「何を言ってるの。ご覧なさい」

アリスが氷の大地を指さして。

「逃走を止めたのはわたしの星霊術よ。わたし抜《ぬ》きに主犯《リーダー》の捕縛《ほばく》はありえなかったわ。つまりわたしの功績で、この勝負もわたしの勝ちよ！」

「実際に捕まえたのは僕だ。アリスは捕まえてないだろ」

「なんですって！」

「何か間違《まちが》いでも？」

「――――いえ。そうだったわね」

アリスが、優雅《ゆうが》な手つきで前髪をはらいのけた。

「ネビュリス皇庁《おうちょう》の王女であるわたしに、臆《おく》せず盾突《たてつ》く帝国《ていこく》兵。それがキミの良いところでもあり、わたしとしても負けられない部分だったわ」

「……だとしたら」

「決闘《けっとう》よ！」

指を突《つ》きつけてアリスが吼えた。

「わたしとキミの再戦よ。引き分けに終わったあの時の戦いの続きを！」

「異存ない」

「いい機会だわ。今度こそどちらが上か教えてあげる」

双剣《そうけん》を構えるイスカ。

対して、こちらも身構えるアリス。

『再戦だ（よ）――』

「イスカ君！」

「アリス様！」

ミスミス隊長と燐の呼び声が。

今まさに激突しかけた二人の気迫《きはく》を、さらりと流していった。

「イスカ君、都市から追加で討伐隊《とうばつ》が来たよ。ちょっと遅かったけど」

「アリス様？　どうかしましたか」

「な、なんでもないわっ！」

走ってきた燐に慌《あわ》てて手をふって、アリスが渋々《しぶしぶ》と後ずさり。

そしてイスカをじっと見つめて。

「………延期よ。邪魔《じゃま》が入ったわ」

名残惜《なごりお》しそうに。

楽しみにしていた遠足が雨で延期になった子供のような。そんな不満顔で、悔《くや》しそうに小声で呟《つぶや》いたのだった。

「ここは引き分け。強盗団は都市の自警団に引き渡《わた》して、そこで裁判してもらいましょう。燐、帰るわよ」

「あ、お待ちをアリス様」

そんな主《あるじ》を呼び止めたのは燐だ。

「強盗団を捕まえた懸賞《けんしょう》金の手続きが残っておりますが」

「いらないわ」

アリスがふりかえる。

正面のイスカに、金髪《きんぱつ》の魔女《まじょ》はふっと微苦笑《びくしょう》を湛《たた》えてみせた。

「この強盗団は皇庁の責任だもん。その犯罪で被《こうむ》った損害の分を、懸賞金で補ってもらえるかしら」

「……手続き、僕にやれって聞こえるけど」

「王女《わたし》はそういう手配に慣れてないの。それに——」

足音が近づいてくる。

応援《おうえん》の討伐隊がやってくる気配を感じながら。

「中立都市ならともかく、そうでない場所でわたしたちがこれ以上一緒《いっしょ》にいるのはダメよ。敵同士なんだから」

絹糸さながらの金髪をなびかせて。

氷禍《ひょうか》の魔女アリスが背を向けた。

「……だから、少し名残惜しいけど、今日はここまで」

その横顔に。

一瞬《いっしゅん》のウィンクをまじえながら。

「またねイスカ。次は、今度こそ戦場で会いましょう」

「……ああ」

従者を従えて去っていく。
そんな王女の後ろ姿を、イスカはじっと見送ったのだった。
そして——
星の運命によって二人は再び巡《めぐ》り会うことになるのだが。
このお話の続きは、またいつか。

File.02

キミと僕の最後の戦場、あるいは激突不可避の軍事訓練《ブートキャンプ》？

the War ends the world /
raises the world
Secret File

CONFIDENTIAL

春。

凍《い》てつく冬の寒さも終わり、草花の萌《も》える季節。

桜が舞《ま》い、鳥が歌う。

そんな心はずむ時季に——

「いやぁぁぁぁぁぁぁぁぁぁぁっっ！」

帝都《てぃと》ユンメルンゲン。

世界最大の軍事国家「帝国」の第三基地で、ミスミス隊長が悲鳴を上げていた。

「いきたくない、ブートキャンプいきたくないもんっ！」

会議室の床《ゆか》に寝《ね》そべり、「いやいや」と両手をふって必死の抵抗《ていこう》。

あたかも学校に行きたくない子供がダダをこねるような、恥《はじ》も外聞もない全力の抵抗である。

「ミスミス隊長、落ちついて」

「……イスカ君？」

「そんな怖《こわ》がらないで。ほら、起きてください」

そんな上司に手を差し伸《の》べて、帝国剣士イスカは穏《おだ》やかな口調で声をかけた。

「窓の外を見てください。とても清々《すがすが》しい青空ですよ。ほら基地の向こうでも鳥が飛んでます。とてもいい季節じゃないですか」

「う、うん」

「まさに春ですよね。隊長、この季節の定番といえば何でしょう」

「……お花見？」

「帝国軍《ぼくら》の春の定番は、ずばりブートキャンプです」

「嫌《いや》ぁぁぁぁっっっ⁉」

ダメだった。

春の季語かのように装《よそお》ってみたが、ブートキャンプという単語に拒絶《きょぜつ》反応が出てしまうらしい。

「そんな大げさな。訓練っていっても潜水艦《せんすいかん》とか航空機の演習じゃないし、ひたすら走ったり筋トレする基礎《きそ》訓練ですよ」

「それアタシの一番苦手な分野なんだもん。イスカ君も知ってるくせにぃ……」

落ちこむミスミス隊長。

これでも二十二歳の立派な大人だが、あどけない童顔と小柄《こがら》な背丈《せたけ》も相まって、小学校を卒業したての子供といっても通じるだろう。

「隊長って、身体計測で帝国軍の入隊基準ギリギリでしたっけ？」

「うん。靴下《くつした》に二センチの厚底入れて通過したの」

「規則違反《いはん》だし⁉」

「だってアタシまだまだ背が伸びると思ったんだもん。でも問題はそこじゃないよイスカ君！」

床に寝そべったまま、ミスミスが自らを指さした。

「帝国軍人はみんな大きくて筋肉隆々《りゅうりゅう》。でもそんな大男《タフガイ》だって脱落《だつらく》するのが帝国軍ブートキャンプ。それを、こんなちっちゃいアタシがやったらどうなると思う⁉」

「……苦労は、察します」

ブートキャンプ――

一般《いっぱん》に『基本戦闘《せんとう》訓練（ＢＴＣ）』と称《しょう》されるこの演習は、毎年多くの帝国軍人を恐怖《きょうふ》に陥《おとし》いれるものとして有名だ。

「イスカ君は楽勝だと思うけど」

「いやいや。僕だって入隊当時は地獄《じごく》でしたよ」

帝国最強の剣士《けんし》を師にもつイスカでも、入隊当時のＢＴＣで心が折れかけたことがある。

両手を縛《しば》られてプールに沈《しず》められたり、催涙《さいるい》ガスの溜《た》まったガス室でガスマスク無しでの二分間の自己アピールを命じられ、呼吸困難で倒《たお》れたこともある。

それだけ理不尽《りふじん》な訓練なのだ。

「でも幸い、僕ら機構Ⅲ師の兵はブートキャンプも一週間だけですし」

「それでもいやぁぁぁぁぁっっっ！」

ミスミス隊長の悲鳴、再び。

と。

「放《ほ》っとけイスカ、いつものことだ」

会議室の隅《すみ》で、パイプ椅子《いす》にもたれかかっていた銀髪《ぎんぱつ》の狙撃手《そげきしゅ》ジンが振《ふ》り向いた。

「夏にセミが鳴くのと変わんねぇよ。春のブートキャンプを前にして隊長《ボス》が泣きわめく。いつものことだ」

「あージン兄ちゃん、それは喩《たと》えがひどくない？　セミと隊長を一緒にするなんて」

ジンの隣《となり》にいる少女は、赤髪《あかがみ》をポニーテールに結《ゆ》わえた音々《ネネ》だ。

これで全員。

ミスミスを隊長としてイスカ、ジン、音々の四人が第九〇七部隊の構成員である。

「見てよジン兄ちゃん」

音々が、まだ床に寝そべるミスミス隊長を指さした。

「セミが鳴くのは前向きな努力だよ。訓練をサボりたくて泣いてるミスミス隊長とは大違《おおちが》いだもん、一緒《いっしょ》にするのはセミが可哀想《かわいそう》だよ！」

「音々ちゃんひどい⁉」

さすがに堪《こた》えたらしく、ミスミスがぱっと跳《は》ね起きた。

「……もう、そこまで部下に言われたらアタシも立場がないよ。それでイスカ君、ブートキャンプはいつから？」

「ああ、それならさっき連絡《れんらく》がありました」

ポケットから通達文を取りだして、イスカは隊長に手渡《てわた》した。

「明日からです」

「うそでしょっ⁉」

「毎年抜《ぬ》き打《う》ちで決まりますからね」

「それにしたってあんまりだよ……あーあ、アタシ今週のお休みに予定入れてたのに」

ミスミスが天を仰《あお》いで——

バタン、と会議室の扉《とびら》が開けられたのはその時だ。

「うるさぁぁぁい！　隣の会議室にまで悲鳴が響《ひび》いてきますわ！……っと、誰《だれ》かと思えばミスミス隊長でしたか」

眼鏡をかけた黒髪の女隊長が乗りこんできた。

眼鏡の奥――

いかにも生真面目《きまじめ》そうな雰囲気《ふんいき》の女隊長が、ミスミスを見るなり、ニヤリと意地悪そうに口の端《はし》をつりあげた。

「ご機嫌《きげん》ようミスミス。今日もまた一段と情けない顔をしてますのね」

「あ、ピーちゃんだ。元気してた？」

「誰がピーちゃんですか！」

ピーリエ・コモンセンス隊長。

ミスミスの一つ年下の二十一歳で、隊長になったばかりの若き女兵士である。

帝都の上流家庭出身にふさわしく、清楚《せいそ》な身だしなみのお嬢様《じょうさま》という表現がよく似合う。

ただし、難があるとすればこの上から目線だ。

「聞きましたわよミスミス、あなた前回のキャンプも落第《らくだい》ぎりぎりだったそうですわね？」

眼鏡のブリッジを持ち上げるピーリエ隊長。

ミスミスの全身を頭の上から足の爪先《つまさき》までじっと眺《なが》めまわして。

「いやはや。定例会議での発言もパッとせず、各能力テストも毎回ぎりぎり。何よりも、その子供みたいな見た目。まったくもって隊長の沽券《こけん》に関《かか》わりますわ」

「んー。そうかなあ」

ピーリエ隊長の容赦《ようしゃ》ない口撃《こうげき》に、しかしミスミスは動じない。

「だってピーちゃん」

「何ですの」

「ピーちゃんも去年のブートキャンプ、アタシと一緒に担架《たんか》で運ばれてなかったっけ」

「ぎくっ⁉」

「あと背もほらほら、アタシとちょっとしか変わんないよ」

二人の身長はほぼ同じ。

ミスミスの背丈はイスカの胸ほどしかないが、ピーリエ隊長も負《ま》けず劣《おと》らず小柄なのだ。要するにどんぐりの背比《せいくら》べなのである。

「ねえイスカ兄？」

二人の隊長を見比べながら、音々がこそっと耳打ち。

「ピーリエ隊長って、ミスミス隊長のことよく気にしてるよね？」

「うん。同族嫌悪《けんお》っていうかライバル視じゃないかな」

ピーリエ・コモンセンス隊長――

兵士としての能力でいえば、彼女はとっても「地味」なのだ。

運動能力は平均未満で、射撃や機械操作も苦手。ダメな部分がミスミスと良く似ている。

ただし決定的に違うのが、エリート意識による上昇《じょうしょう》志向の強さだろう。

「帝国司令部に入って出世コースに乗るんだとか、隙《すき》あらば幹部軍人《オフィサー》に頼《たの》みこんでるのは有名な話だしな」

ぼそっと呟《つぶや》いたのはジンである。

「俺らの隊長《ボス》を笑える立場じゃねえだろ。無駄《むだ》にあがいたところで、そんな地味な成績じゃ司令部入りは無理だっての」

「な、なぁにが地味ですか！」

ジンの呟きに、ピーリエ隊長が堪《たま》らずふり向いた。

「私の能力が至らないのは事実です。でも私の成績は平均よりちょっと下。そしてミスミスは平均未満。この違いは天と地のごとく明らかですわ！」

「同じに聞こえますが……」

「違うのです！」

イスカの反応にもこまめに応じるピーリエ隊長。

「はぁ……まったく信じられませんわ。なぜこんなダメ隊長と、あの使徒聖の璃洒先輩《リシャせんぱい》が仲良しなのか」

「だって同期のお友達だもん」

「それが信じられないと言っているのです！」

ピーリエ隊長が、ミスミスをまっすぐ指さした。

「使徒聖といえば天帝《てんてい》陛下に選ばれた我が軍の最高名誉《めいよ》ですわ。なぜあなたのような者が、あの方と仲良しなのか不思議でなりません」

「ピーちゃんってば大げさだよ」

「大げさなものですか。使徒聖と仲良しだなんて、そんな強力な後《うし》ろ盾《だて》があれば司令部にだって楽々と推薦《すいせん》してもらえるわけですから」

まったく羨《うらや》ましいですわ――

そう小声で呟いて、ピーリエが天井《てんじょう》を仰ぎ見た。

「璃洒先輩ほどの大出世をとげた女幹部は他《ほか》にいません。まさに理想のエリート軍人で、あの方にお仕えするのが私の夢なのです！……ああ璃洒先輩、どうか私を部下に。そして司令部に推薦してくださいませ！」

まさにその矢先。

会議室の扉が再び開いた。

「はーいミスミス、元気してる？」

「璃洒先輩っ⁉」

ピーリエが跳《と》びはねた。

璃洒・イン・エンパイア——

怜悧《れいり》で端整《たんせい》な面立《おもだ》ちに、モデル顔負けの長身がよく映《は》える女幹部だ。

ミスミスと同期の若さながら異例の早さで昇進《しょうしん》を重ね、異例の早さで最高位「使徒聖」に上りつめた才女である。

「ミスミス、イスカっち、ジンジン、音々たん。うん、第九〇七部隊の四人は集まってるね……あれ？」

イスカたちを見回した後、そこにいる五人目の女隊長に璃洒が目をやった。

「おやピーちゃん」

「光栄ですわ璃洒先輩！　私に会いに来てくださったのですね！」

「いや全然」

あっさり否定。

「ってかウチは、ピーちゃんの先輩になった覚えはないんだけど」

「そんな！　私はこんなにも璃洒先輩をお慕《した》いしてますわ。ミスミスのような隊長より、私の方がなにもかも優秀《ゆうしゅう》ですから」

「下心が丸見えなんだよねぇ」

じーっと。

冷めたまなざしでピーリエ隊長を見つめる璃洒が、大きく溜息《ためいき》。

「ウチに言い寄るのも、どうせ司令部に推薦してほしいからでしょ」

「ぎくっ⁉」

「それと比べて、見なさいこのミスミスを！」

きょとんとするミスミスに後ろから抱《だ》きつく璃洒。

「帝国軍を代表するダメ隊長ながら、それでも平然としてる図太い神経。ドジでお寝坊《ねぼう》で、でもそれが手のかかるペットみたいで可愛《かわい》いのよ！」

「璃洒ちゃんソレ褒《ほ》めてないよ⁉」

「褒めてるわよー。ミスミスは子猫《こねこ》みたいに可愛いなって」

「もう……すぐからかうんだから」

「そういう反応が可愛いのよねぇ」

頰《ほお》を膨《ふく》らませるミスミスの頭をなでる璃洒。

まさに家のペットを愛《め》でる主人のように、満足しきった雰囲気だ。

「ああ、もう一つ大事なことがあるわ。見なさいピーちゃん」

「何でしょう？」

「ここよ、ここ」

璃洒が、ミスミスの胸元《むなもと》を指さした。

この童顔な子供っぽさからは考えられぬほど見事に成熟しきった胸を——

「すごいでしょ？　ウチの両手でも隠《かく》しきれないくらい大きなこの胸！　ここの成長度もミスミスの圧勝よ」

「真っ平らな胸の何が悪いのですっ⁉」

顔を真っ赤にするピーリエ隊長。

ちなみに彼女の胸はとても控《ひか》えめで、本人もそれは気にしていたらしい。

「あの……ところで璃洒さん？　僕さっきから気になってるんですけど」

「ん？　何かなイスカっち」

イスカと璃洒は、使徒聖の元同僚《どうりょう》だ。

ある特殊《とくしゅ》事情で降格したもののイスカも一年前までは使徒聖だった身。璃洒とも互《たが》いに面識はある。

「璃洒さん多忙《たぼう》ですよね。どうして僕らの会議室に？」

「そりゃあもう。ブートキャンプって聞いたミスミスが逃《に》げださないようによ。ちゃんと確保しないとね？」

今もミスミスを抱きしめている璃洒。

どうやら愛でるだけでなく、拘束《こうそく》も兼《か》ねてのことらしい。

「というわけでミスミス確保よん」

「……うう。璃洒ちゃんが来たの怪《あや》しいと思ったんだよね……」

「あっはっは！　ざまあないですわねミスミス！」

がっくりと項垂《うなだ》れるミスミスだが、それを見て歓声《かんせい》を上げたのはピーリエ隊長だ。

「あなたがブートキャンプで苦しむ様《さま》、この帝都から現地映像カメラでとくと拝見させて頂きますわ！」

「ピーちゃんもだから」

「え？」

璃洒の一言で。

ピーリエの表情が凍《こお》りついた。

「キャンプは抜《ぬ》き打《う》ちで二十部隊ずつやるのよ。何のためにさっきまでピーちゃんを隣《となり》の会議室に待機させてたと思う？」

「……まさか」

「ピーちゃんの部隊も、明日からブートキャンプ」

「いやですわあああああっっっ⁉」

「さあ地獄《じごく》へ行ってらっしゃい」

ミスミスとピーリエの女隊長二人をひきずっていく女幹部。

その背中を見送って。

イスカは、残されたジン、音々と顔を見合わせたのだった。

＝＝

ブートキャンプ――

魔女《まじょ》の楽園『ネビュリス皇庁《おうちょう》』と戦争を続ける帝国軍にとって、このキャンプは戦争で想定されるあらゆる苦境に耐《た》える訓練だ。

「我々の敵は人間ではない、魔女というバケモノだ」

帝国領、東海岸キャンプ。

集められた精鋭《せいえい》二十部隊。

百人もの帝国兵を前にして、訓練教官役の統括《とうかつ》隊長が声を張りあげた。

「かつて帝都を灰と化した大魔女ネビュリスの血統たちだ。あの魔女たちと戦うためにも、この訓練は諸君らに必須《ひっす》のものと言えるだろう」

「……あぁ。去年の悪夢がよみがえるねぇ」

しょぼんと項垂れるミスミス隊長。

昨夜に帝都を離《はな》れ、ここまで輸送車に揺《ゆ》られて十四時間。

イスカたちはその間に一切《いっさい》の食事と睡眠《すいみん》を取っていない。それも訓練の一環《いっかん》だからだ。

「……今日にでも帰りたい」

「あらミスミス、あなた早くも訓練に参っておりますの？」

その隣は、黒髪《くろかみ》の女隊長ピーリエだ。

「私はもう腹をくっておりますのよ。あなたも隊長なら、部下に示しのつくよう覚悟《かくご》を決めては？」

「ピーちゃん声がふるえてる」

「こ、これは武者震《むしゃぶる》いですわっ！」

「────であるからして、本来ならこのキャンプは新兵を十週かけて鍛《きた》える訓練だ」

教官の視線がこちらへ。

顔に痛々しい古傷のある、いかにも軍人らしい壮年《そうねん》の大男である。

「だが諸君らは、既《すで》にいくつもの戦場を生き抜いてきた生え抜き《プロフェッショナル》だ。今さら脱落者《だつらく》の心配もあるまいし、ふるいにかけるつもりもない」

「おお？」

首を傾《かし》げるミスミスとピーリエ。

「ねえピーちゃん、アタシたちもしかして優遇《ゆうぐう》されるっぽい？」

「ま、まあ当然ですわね。私たちもうベテランですし」

「喜ぶといい」

教官の目がギラリと輝《かがや》いた。

「そんな諸君らが退屈《たいくつ》しないよう俺が最悪《スペシャル》な訓練メニューを用意した。この七日間、思う存分に楽しんでくれたまえ」

「いやぁぁぁぁあっっっ⁉」

「余計なお世話ですわっ⁉」

キャンプ地に、早くも女隊長二人の悲鳴がこだました。


「……で？　こんなだだっ広い広場に全員集めて、教官は俺らに何をさせる気なのやら」

砂地の広場で。

戦闘衣《せんとう》に身を包んだジンが、準備運動がわりにその場で屈伸《くっしん》。

「まずはウォーミングアップとか言ってたな」

「音々はランニングだと思うんだよね。ほら、マラソンみたいに白線が引かれてるし」

柔軟《じゅうなん》体操中の音々が、こちらを見上げて。

「イスカ兄は？　この広場で何すると思う？」

「僕も全然わからない。これがただのランニングなら楽なんだけど……」

一足早く準備運動をすませたのがイスカだ。

この広場で、招集《しょうしゅう》された兵士たち百人以上がウォーミングアップに励《はげ》んでいる。誰《だれ》もが緊張《きんちょう》を顔に浮《う》かべて見えるのは、おそらくイスカの気のせいではあるまい。

「ふぅ……落ちつけアタシ。一週間の辛抱《しんぼう》だから……」

「ミスミス隊長、来ましたよ」

イスカが指さす先で、広場に教官が現れた。

その手に拡声機《スピーカー》を握《にぎ》りしめて。

『待たせたな諸君、では二人組を作ってもらう。部隊で一番背の高い者と低い者とで組み、残った者同士でそれぞれ組むこと』

「二人組かぁ。アタシたち四人部隊だし、ペアを二つ作るってことね」

ミスミス隊長がふり返る。

ちなみに第九〇七部隊で背の高い順は以下のとおり。

狙撃手《そげきしゅ》・ジン。

突撃手《とつげきしゅ》（剣士《けんし》）・イスカ。

通信担当・音々。

隊長ミスミス。

この中で、まずは背の高い者と低い者とで二人組を作るから——

「げ……最悪だ。俺と隊長《ボス》が組《ペア》かよ。ハズレ確定じゃねえか」

「音々はイスカ兄とだね。よかったーっ！」

溜息をつくジンと、イスカにとびついて喜ぶ音々。後ろではミスミス隊長が「どういう意味!?」と叫《さけ》んでいるのだが。

「ミスミス」

そんなミスミスの名を呼んで、ピーリエ隊長が颯爽《さっそう》と現れた。

「ふふ、これは良い機会ですわ」

「どしたのピーちゃん？」

「提案がありますの。ブートキャンプをただ耐え凌《しの》ぐのは苦しいでしょう。ちょっと遊び心をと思いまして」

黒髪の女隊長が、眼鏡のブリッジを押し上げながら。

「二人組を作るのは、おおかた二人でのリレーでしょう。せっかくなので私の組《ペア》とあなたの組《ペア》とで競走しませんか？」

「……えー」

ミスミスが露骨《ろこつ》に顔をしかめた。

なにせ運動能力では、ミスミスは帝国兵《ていこく》で最底辺だ。たとえピーリエが平均以下でも、この分野での直接対決は分が悪い。

「アタシ、走るの苦手だよ？」

「そのための二人組ですわ。部下と隊長が力を合わせて困難を乗りこえる。これぞ部隊の美学です」

「……ちなみにジン君？」

ミスミス隊長がジンに目配せ。

「ピーちゃんがこんなこと言ってるけど、ジン君、勝算ある？」

「好きにやらせりゃいいだろ。勝算で言えばきっちり五十パーセントだが、悪い賭《か》けじゃない」

「おおっ、さすがジン君……ところでその勝算って？」

「俺一人なら勝算百パーセント。隊長《ボス》一人なら〇《ゼロ》。二人平均して五十だ」

「ジン君っ⁉」

「あはは、甘いですわねミスミス！　勝算が五十パーセントですって？」

ピーリエ隊長が胸をそらせて高らかに笑い声。

「私の組《ペア》の相方を見てから言いなさい。さあ来なさいブルーノ！」

「ヤー」

どすん、と響《ひび》く足音。

黒髪の女隊長の背後に立つ巨人《きょじん》――身長二メートル以上、体重は明らかに百キロを超《こ》えるであろう全身筋肉質の新兵が現れたではないか。

「な、なにこの部下⁉　ピーちゃん、去年こんな部下いなかったでしょ！」

「期待の新入りですわ」

小柄《こがら》なピーリエと並べば、まさに大人と子供である。

「私が司令部入りを果たすため、ぜひにとスカウトした子です」

「ずるじゃんっ⁉」

「優秀《ゆうしゅう》な部下のひき抜きも隊長の腕《うで》ですわ。そしてこのブルーノと一緒《いっしょ》なら、既に勝負は見えました！」

巨人のごとき帝国兵。

こうして見上げるだけでも山のような存在感がある。

「さあ教官、お題を！」

『では諸君。これよりウォーミングアップを兼《か》ねて二人組のマラソンを開始する。距離《きょり》はおよそ五キロで、荷物を背負っての走行だ』

響きわたるアナウンス。

それを聞いて、いかにも「予想してました」と頷《うなず》くのがピーリエ隊長だ。

「望むところですわ。さあブルーノ、あなたがいれば多少の重荷くらい何とでも――」

『背負うのは組《ペア》の相方だ』

「へ？」

『背の低い者が、高い者を背負う。そして奥の森まで走ること』

広場がしんと静まりかえる。

常識的には、小柄な者が背負われる方だろう。

それが逆ということは？

「あ、つまり音々がイスカ兄を背負って走れってことだね」

音々がぽんと手を打った。

「音々、いける？」

「もちろん！　ささイスカ兄、音々の背中にどうぞ。……ふふ、イスカ兄の体温が伝わってくるね」

「……なにその怪《あや》しい言い方？」

音々はなぜか嬉《うれ》しそう。

問題はジン・ミスミス隊長の組《ペア》だが、案の定、ジンを背負ったミスミス隊長は早くも足《あし》下《もと》がふらふらだ。

「ミスミス隊長、平気ですか？」

「これで走るの⁉　五キロなんてムリムリ、百メートルだって無茶だよ⁉」

『諸君、走り終えるまでに相方を下ろすとやり直しだ』

「何それっ⁉」

兵士たちから悲鳴が上がる。

屈強《くっきょう》な男兵士でさえ、これは相当な苦行になるのは間違《まちが》いない。

ちなみに――

もっとも悲惨《ひさん》な悲鳴を上げたのがミスミスの隣《となり》にいる女隊長だ。

「無茶ですわ――――――っっっ⁉」

ピーリエ隊長の二人組。

巨人のように大柄《おおがら》な部下と組《ペア》になったことで、背負うだけでも過酷《かこく》だろう。

「うぐぅっ⁉　ちょ、ちょっとブルーノ、あなた少しダイエットしたらどうですの！」

「ヤー、善処します」

「くっ、み、みてなさい！　くぅぅぅぅっっ！」

顔を真っ赤にしたピーリエが部下を担《かつ》ぎ上げた。体重百キロ超《ちょう》の巨漢を持ち上げる力は、さすが隊長級である。

これにはミスミスも感心のまなざしだ。

「ピーちゃんすごぉい！」

「と、当然……ぐ……あなたのように、そんな軽い部下を背負ってランニングなんて訓練にな、なりませんのよ……！」

「じゃあ競走だね」

「え？」

「ピーちゃんの言ってた競走。アタシもジン君を背負って頑張《がんば》るから」

「あ……いや……その」

部下を持ち上げるだけで両足を痙攣《けいれん》させているピーリエ隊長だが、あいにくミスミスはそんなことに気づいてはいなかった。

「あ、あのミスミス？　やっぱり競走というのは無しで——」

『では開始』

「行くよジン君！」

「ちょっと待ちなさいいいいいいっ⁉」

広場の帝国兵が一斉《いっせい》に走りだした。

ジンを背負うミスミス。

イスカを背負う音々。

さらに何十という組《ペア》が、はるか前方に見える森林めがけて走っていく。

たった一組を置き去りに——

「お、重っ！　どこがウォーミングアップですか。走れませんってば！」

「隊長、我々も走るべきでは？」

「あなたが重すぎるんですわよ！」

砂塵《さじん》の舞《ま》う広場に、ピーリエ隊長の悲しい怒号《どごう》がこだました。

═══════

ゴール地点の森林にて。

「ぜぇっ、ぜぇっ、はっ……は……、なにが五キロのマラソンですか……！」

老木によりかかるピーリエ隊長は、全身から滝《たき》のような汗《あせ》を流していた。

なお、当然のように最下位である。

「あの教官、ゴール直前で『予定は変更《へんこう》だ。あと一キロ追加で走ってもらう』だなんて、人の純真を弄《もてあそ》ぶにも程《ほど》がありますわ」

「えへへ、アタシ初めて勝負でピーちゃんに勝ったよ！」

その横で、嬉しそうにはしゃぐミスミス。

「隊長もビリから二番目で大きなこと言えねぇけどな」

「あー、ジン君そういうこと言う？　アタシの背中に乗って楽してただけのくせに」

そう言いながらもミスミスには余力がある。

最後尾《さいこうび》のピーリエの到着《とうちゃく》が遅《おく》れたため、ミスミスや音々、他の兵士たちもしばしの休憩《きゅうけい》を取ることができたのだ。

「……こ、こんなはずでは」

「ピーちゃん平気？」

「な、情けは無用ですわ！　今のは私とあなたの条件が不平等《アンフェア》だっただけ。これで勝った気になってもらっては困ります」

ピーリエ隊長が歯ぎしり。

「次こそが本当の勝負。ブートキャンプは始まったばかりですの！」

『ご苦労だ諸君』

森に響く教官のアナウンス。

ピーリエの熱い口ぶりとは対照的に、こちらはいたって冷ややかだ。

『本日の野営地点まであと十キロだ。この森を直進してもらうが、ここから先は野生の獣《けもの》が出没《しゅつぼつ》する。警戒《けいかい》するように』

「ジャングル内のゲリラ戦を想定しての前進ですわね、上等ですわ」

小銃《ライフル》を提《さ》げるピーリエ。

その隣では、ミスミスも片手で拳銃《けんじゅう》を握《にぎ》りしめている。

「獣って……どうしようピーちゃん、ライオンとか出てきたりして」

「ジャングルにライオンはいませんわよミスミス。野生のクマを警戒すべきです」

森の奥を目指す二十部隊。

先陣《せんじん》を切って茂《しげ》みをかきわけていくのがミスミス、ピーリエ両隊長。その二人の後ろを護衛するのがイスカと音々とジンの三人だ。

「ねえイスカ兄、この意地悪キャンプのことだし、森の中にも罠《わな》とかあるかもしれないよ。

ミスミス隊長にも気をつけてもらわないと」

「ああ、念のため言っておいた方が良さそうだ」

ミスミス隊長の隣まで走っていく。

「どうですか隊長。僕らも警戒してますが、怪しいのを見つけたらすぐ教えてください」

「怪しいのは無いんだけどね……イスカ君これどう思う？」

ミスミスが足を止めた。

その隣に立つピーリエ隊長も、悩《なや》み顔で部下たちに目配せしているではないか。

「……ピーちゃん、どうしよう？」

「私に聞かれても困りますわ。こんな底なし沼《ぬま》のようなドロドロの沼があっては進むことができませんし」

そう。

行く手を阻《はば》むかたちで、どす黒い沼が広がっていたのだ。

「底なし沼じゃないとは思いますが、これ、相当深そうですわね」

木の枝を沈《しず》めて深さを調べようとするピーリエ隊長だが、どこまで沈んでも底にあたらない。

「私のお腹《なか》……いえもっと深いかも。これは迂《う》回《かい》すべきでしょうね」

後ろの部隊に聞こえるよう、ピーリエが声を張りあげた。

「全軍、十メートルほど後退です。先ほどの獣道から大きく右に迂回しましょう！」

『ミスミス隊長、ピーリエ隊長。君らは勘違《かんちが》いしている』

「……はい？」

厳《いか》めしい声が聞こえたのは、その時だ。

兵士たちが持参する通信機に、教官からの一斉送信が。

『私は「直進」と言った』

「……というと」

『思い描《えが》きたまえ。諸君はジャングルを進んでいる。後ろ左右を魔女《まじょ》の軍勢に包囲されているとして、悠長《ゆうちょう》に後退している暇《ひま》があるかね？』

「まさか」

こくん、とピーリエ隊長が緊張《きんちょう》気味に喉《のど》を鳴らした。

『沼のなかを直進だ』

「やっぱりぃいいいいいいっっ!?」

どす黒い沼を見つめるピーリエ。

よく見れば小さな虫がそこら中に浮《う》かんでいる。ボウフラであれば大量の蚊《か》が生息しているだろうし、泥沼《どろぬま》のなかには雑菌《ざっきん》が無数にいることだろう。

肌《はだ》に切り傷などあれば、そこから寄生虫が入りこむかもしれない。

「僕が先にいきます。ミスミス隊長は後ろから」

「イスカ君、だ、だいじょうぶ⁉」

ミスミスの前に進み出て、イスカは思いきって沼に足を踏《ふ》みだした。

ずぶ……と。

靴《くつ》先が沈んでいく。胸まで泥水に浸《つ》かった状態で、ようやく沼の底に足がついた。

「ぶ、無事？」

「なんとか足のつく深さで助かりました。でも隊長だと首の高さギリギリかも」

服の生地《きじ》から浸透《しんとう》してくる泥のぬめりと生臭《なまぐさ》さが何とも気持ち悪い。

戦闘《せんとう》衣を通じて下着まで泥水に濡《ぬ》れた状態だ。

「ミスミス隊長もゆっくりついてきてください」

「う……うん。うあ、もう最悪。泥が跳《は》ねて口に入ったよ……」

顔をしかめながらミスミス。

さらにジンと音々が後ろに続いて、それを見た後続部隊も意を決して泥沼へと足を踏み入れる。

そんな中、まだ顔をしかめて動けずにいる女隊長が。

「ピーちゃん、早くおいで」

「わ、わかっていますわ……！」

ピーリエ隊長が青ざめた顔で足を伸《の》ばす。ちゃぽんと足が沼に触《ふ》れるや、「ひっ⁉」と小さな悲鳴が口をついて出た。

「ああもうっ、よりによって私の一番嫌《いや》な泥沼わたりだなんて……」

肩《かた》まで沼に浸かりながら、強《こわ》ばった顔つきでピーリエ隊長が歩きだす。

ミスミスの隣《となり》へ。

「ピーちゃん、顔色悪そう」

「これで顔色が良かったら変態ですわ。うぅ……泥が顔にかかるし、目の前に毛虫がウジョウジョいる。しかも服の中まで泥まみれですのよ」

おそるおそる泥沼を進んでいく。

これが海や川なら透《す》きとおった水底が見渡《みわた》せるのだが、この沼では水底に何がいるかわからない。

「イスカ兄、沼のなかにワニとか隠《かく》れてないかな」

「ワニは淡水《たんすい》生物だからありえるね。水面に気をつけよう。怪《あや》しい泡《あわ》が浮かんでないか」

音々とイスカのささやき。

「わ、ワニですって⁉」

そんな会話を聞きとって、ピーリエ隊長がビクッとふるえる。

「ああもう、この泥沼はどこまで続いているんですの。上流家庭育ちである私にとって、もっともふさわしくない訓練ですわ……！」

「ピーちゃん、目の前」

「え？」

「蛇《へび》が泳いでるから気をつけて」

「…………」

ピーリエの目が点になる。

肩まで沼に浸かった女隊長の、まさに目線の高さをゆうゆうと泳いでくる一匹《いっぴき》の蛇。

その蛇と目があって――

「いいやあああぁぁあっぁぁあぁぁあっっっっ⁉」

今日一番の悲鳴が、森の奥深くにこだました。

「た、助けてくださいミスミス！」

「もう逃《に》げてったよ」

「え？」

ミスミスにしがみついた恰好《かっこう》で、ピーリエがきょとんと瞬《まばた》き。

「ピーちゃんの悲鳴で驚《おどろ》いて逃げていったみたい」

「い、今のは悲鳴ではありません。ええとその……部下に危険を知らせるかけ声です！ っていうかミスミス、あなたどうして平気なんです⁉」

「何のこと？」

「で、ですからこんな生臭くて不衛生な泥沼で。蛇だって、あなたの目の前だったじゃないですか」

「そうかなぁ」

「そうですとも！」

「毒蛇だったら怖《こわ》いけど、アタシ、生き物は嫌《きら》いじゃないし」

ミスミスが泥沼を進んでいく。

大集団の先頭をいく姿は、イスカたち部下から見ても心強いほどに勇敢《ゆうかん》だ。

「……でも泥沼ですわ。嫌じゃないのですか？」

「アタシ子供の頃《ころ》にたくさん泥だらけになって遊んだもん。こういう訓練はそんなに辛《つら》くないかも」

「な、なんですって！」

絶句するピーリエ。

「あなた、この泥沼わたりが好きだと言うのですか」

「好きじゃないけど、走ったり泳いだりとか、思いきり身体《からだ》を動かす訓練より楽ちんじゃない？」

「こ、この歩行が楽ちん……!?」

ピーリエ隊長が驚愕《きょうがく》で目をみひらいた。

初めて気づいたのだ。

このミスミスという女隊長が、なぜ帝国《ていこく》軍の隊長になれたのか。

身体能力では帝国兵の平均に遠くおよばない。しかし、このキャンプで求められるのは鋼《はがね》の肉体ではなく鋼の心。いわば「鈍感《どんかん》さ」である。

どんなに屈強《くっきょう》な兵士でも心は壊《こわ》れる。

文字どおり泥水をすすって生きのびる過酷《かこく》な戦況《せんきょう》で、苦痛を苦痛と感じない精神力。

ミスミスはそれを持っているのだ。

「確かに……泥だらけになろうと虫がウジャウジャいようと、ミスミスが動じる姿は想像できませんわね……」

泥沼を進んでいくミスミス。

この場には彼女よりはるかに屈強な大男たちが大勢いる。そんな彼らが自然とミスミスに従っているのだ。

――この女隊長についていこう。

その状況に、ピーリエ隊長はまさしく戦慄《せんりつ》していた。

「い、いえ認めませんわ……この私が、ブートキャンプとはいえ他の女隊長に負けるわけにはいきませんから！」

泥水が跳ねるのも意に介《かい》さず、沼をかきわけて先頭のミスミスを追いかける。

そして追いぬいた。

「ふふん、どうですミスミス。あっという間に私が先頭ですわ！」

「ピーリエ隊長、待ってください」

どんどん先へ進んでいく女隊長へ、イスカは声をかけた。

「お話ししたいことが」

「あらミスミスの部下ですわね。どうしましたか」

勝ちほこった笑顔《えがお》のピーリエ。

「私とミスミスの差を理解しましたか。残酷《ざんこく》なようですが帝国軍とて競争社会。優《すぐ》れた者だけが司令部入りを果たすのです。私こそが――」

「背中にヒルがついてます」

「はい？」

蛭《ひる》。

わかりやすくいえば、沼地《ぬまち》に生息して人間の血を吸う吸血ナメクジである。

それが女隊長の背中にビッシリとこびりついていた。

「ピーちゃん……！」

それを見て。

むしろ感動のまなざしでピーリエを見つめるのはミスミスだった。

「まさか沼にヒルがいるってわかってて先頭に？　ピーちゃんがアタシを庇《かば》ってくれたんだね！」

「ちょ、ちょっと待ちなさいっ⁉」

慌《あわ》てて身をねじる女隊長。

が、ヒルは背中にくっついてそう簡単には剝《は》がれない。

「取って⁉　イスカと言いましたわね。今すぐヒルを取って！」

「了解《りょうかい》。慌てなくても大丈夫《だいじょうぶ》ですよ」

「私はナメクジが大嫌《だいきら》いなのです――――っ！」

涙《なみだ》をうかべるピーリエの、悲しげな告白が響《ひび》いたのだった。

＝＝＝

ジャングルの夜――

帝国軍の野営キャンプ地に、二十部隊ものテントが並んでいる。

パチ、パチ……と。

野生の獣《けもの》よけの焚《た》き火《び》をおこし、身体に虫除《よ》けのスプレーをかけて就寝《しゅうしん》する。

なお服は、昼間の訓練で泥沼を渡った時のままだ。

「あーあ。まだ服が半乾《はんがわ》きで気持ち悪いよ。音々、ポニーテールで結《ゆ》わえてた髪《かみ》も泥だらけだしぃ……」

お世辞にも美味《おい》しいとは言えない戦闘糧食《レーション》を食べ終えて、音々が残念そうに肩をすくめた。

就寝は夜八時。

帝都なら繁華街《はんかがい》が賑《にぎ》わう時刻だが、ここは都心から離《はな》れたジャングルである。夜八時にもなれば辺りは一面の闇《やみ》となる。

「イスカ兄、起きるの朝三時だっけ？」

「そう言われたね。ちょっと早いけどブートキャンプなら標準的だと思う。寝《ね》れる寝れないは別として」

そう答えるイスカの服も泥《どろ》だらけ。

戦場での小競《こぜ》り合《あ》いが長期化したという想定とはいえ、泥水を吸った服が肌《はだ》にくっつく感触《かんしょく》は、歴戦の軍人であっても心に来るものだ。

「あーあ。まさか一日目から泥まみれだなんて。音々がっかり」

顔をしかめる音々が、服を見下ろして。

「久しぶりにイスカ兄とテント泊《はく》って期待してたのに。こんな泥だらけじゃイスカ兄との夜のドキドキハプニングも期待薄《きたいうす》だよ」

「どんな期待!?」

何かを訴《うった》えるような音々のあやしい視線から目をそらして。

「ジン。ジンも何か言ってくれってば」

「ほっときゃいいんだよ。音々の戯言《たわごと》だ」

ぶっきらぼうに応じるジンは、テントの奥で寝ころんでいた。

「久しぶりの野営でガキの修学旅行みたいな気分《テンション》になってるだけだ。おい音々、見張りは見張り班に任せて、俺らはさっさと就寝だ」

「えー……だってぇ」

不満そうな音々の顔。

「音々まだ眠《ねむ》れそうにないよ。服も半乾きで気持ち悪いもん」

「目つむってじっとしてろ。まだまだ先は長いんだから——」

ジンが言いかけた矢先。

「そのとおりですわ！」

イスカたち第九〇七部隊のテントに、突如《とつじょ》として人影《ひとかげ》がやってきた。

「こんばんはミスミス、今日は思わぬ不覚をとりましたが、ブートキャンプはここからが本番なのです！」

泥だらけの戦闘衣《せんとうい》を着たピーリエ隊長。

昼間の訓練がよほど堪《こた》えたのか、顔色はまだまだ土気色だが。

「明日こそ私とあなたの決着をつけますわよ！……ってミスミス？」

「もう寝てますよ」

イスカが指さしたのはテントの真ん中。

寝袋《ねぶくろ》にくるまったミスミス隊長は既《すで》に熟睡《じゅくすい》中。ピーリエがあれほど大声で名指ししたにもかかわらず、起きる気配は微塵《みじん》もない。

「朝まで起きません。ってか、朝になっても僕らが起こさないと昼まで爆睡《ばくすい》コースかと」

「どんだけ図太いのですか⁉」

さらにピーリエが見つけたのは、ミスミスが食べ終えた戦闘糧食《レーション》の容器である。

この軍隊食料は保存期間を優先するため味がとても悪く、屈強な軍人も食べ残すものとして有名だ。

それをペロリと完食。並大抵《なみたいてい》の胃袋《いぶくろ》ではない。

「……私なんて半分も残したのに」

「隊長、おいしそうに食べてましたよ。味にはこだわらない人なので」

「どんな味覚をしてるのですか⁉」

ピーリエが思わず後ずさる。

「これは……ミスミス、どうやらあなたの評価を改めるべきですわね」

屈強な男たちも音を上げる戦闘糧食《レーション》を完食し、過酷な睡眠環境《すいみんかんきょう》をまるで苦にしない。

まさに鋼の精神力《メンタル》。

身体能力のように数値で目に見える適性こそ低いが、こうした「数値で測れない」軍人適性には特筆すべきものがある。

それがミスミスにあるとピーリエは感じとったのだ。

「……私が侮《あなど》っておりましたわ。さすがは璃洒先輩《せんぱい》が気に入るだけある。なかなかの素質を持っているではありませんか」

「いや、璃洒さんが気に入ってるのは単にミスミス隊長の見た目かと」

「いいえ間違《まちが》いありません！」

ピーリエが、拳《こぶし》を握《にぎ》りしめて叫《さけ》んだ。

「理解しましたわ。このミスミスこそが私の宿敵だったのです。私のエリート軍人街道《かいどう》──悲願の司令部入りを果たすための最大のライバルだったとは！」

「そうかなぁ」

「音々そう思わないけど」

「買いかぶりだ。俺らの隊長《ボス》はそんな大したモンじゃねえよ」

イスカ、音々、ジンがそう言っても、決意を固めきったピーリエ隊長の耳には届かなかった。

「ですが私も負けません。覚悟《かくご》なさいミスミス、明日からのブートキャンプ、良い勝負をしましょう！」

陶酔《とうすい》しきった口ぶりで一方的に宣言し、満足げにピーリエ隊長が身をひるがえす。

「ごきげんようミスミス。また明日！」

「熟睡して聞こえてませんが……」

ツカツカと去っていく。

そんな女隊長をよそに、イスカはジン、音々と顔を見合わせたのだった。

「ミスミス隊長、寝てるだけで高評価だなんて役得だなぁ……」

「ちょっと羨《うらや》ましいかも」

「ほっときゃいいんだよ。俺らもさっさと寝るぞ」

＝

キャンプ地に朝が訪《おとず》れる。

「おはよう諸君」

整列した百人の兵士を眺《なが》めて、教官が満足げに頷《うなず》いた。

「これが新兵ならば昨晩中に脱落《だつらく》者が出るところだが、脱落者ゼロとはさすが歴戦の同志たち。昨日もよく眠れたようで何よりだ」

「……むー。白々しい。ねえイスカ兄、あの教官ってば白々しいよ」

音々が、眠そうに目をこすりながら。

「まともに寝させる気ならシャワーくらい浴びさせてほしいし、服だってこんな泥だらけじゃなくて着替《きが》えさせてほしいもん」

「訓練中の常套句《じょうとうく》だよ」

「それは知ってるけどぉ……」

不機嫌《ふきげん》そうに音々が腕組《うでぐ》み。

一方で、しっかり熟睡したミスミスは疲《つか》れも取れて万全《ばんぜん》の体調だ。

「あれ。ねえピーちゃん、目のまわりに隈《くま》ができてる」

「ぎくっ⁉」

「もしかして昨日あんまり眠れなかったの？　大丈夫《だいじょうぶ》？」

「……あの晩に快眠できる無神経さが私には理解できませんわ。ですが、そんな気遣《きづか》いは無用です！」

睡眠不足で充血《じゅうけつ》した目でミスミスを睨《にら》みつけ、ピーリエが奥歯を嚙《か》みしめた。

「この程度のブートキャンプごとき恐《おそ》るるに足《た》らず。昨日だって退屈《たいくつ》すぎてアクビが出ましたわ！」

「…………ほう」

「って教官⁉」

ピーリエの目の前に、教官。

その大胆不敵《だいたんふてき》な発言に、ベテラン軍人が嬉《うれ》しそうに目を細めた。

「威勢《いせい》がいいなピーリエ隊長。俺の考えぬいた訓練が退屈でアクビが出ると？　そんな骨のあることを言う女は久しぶりだ」

「……は、はひ……ち、違うのです。これは売り言葉に買い言葉で……」

「熱烈《ねつれつ》な宣言《ラブコール》しかと受けとった。そして安心したまえ。この残り六日間、さらに刺激《しげき》的な訓練を用意してある」

「いやぁぁぁぁぁぁっっ⁉」

ブートキャンプ二日目。

ピーリエ隊長の何度目かわからない絶叫《ぜっきょう》で幕を開けた。

「では諸君、それぞれ両手足を手錠《てじょう》で拘束《こうそく》したまえ」

身動きできない恰好《かっこう》で大型車の後ろにロープで繋《つな》がれて、砂利《じゃり》道を引きずられていく。

敵である魔女《まじょ》に捕《つか》まった時の拷問《ごうもん》を想定しての訓練だ。

「いっ、痛い痛い痛い⁉　ちょ、ちょっと、もういいでしょ車を止めて！　地面の摩擦《まさつ》で火傷《やけど》しちゃいまぁぁぁぁぁぁぁぁっっっっ⁉」

車で彼方《かなた》まで引きずられながら、ピーリエ隊長が砂ぼこりの奥へと消えていく。

やがて悲鳴も消えてしまう。

「……うっわ」

その凄惨《せいさん》な光景を見たミスミスが顔をしかめ、後ろにならぶ屈強《くっきょう》な男兵士たちも思わず後ずさっている。

「イ、イスカ君？　なんか昨日よりも痛そうな訓練だよ」

「男は二百メートル、女は百メートルだそうですよ。引きずられる距離《きょり》」

「ピーちゃんだけ四百メートルくらい引きずられてない？」

「……教官の愛かと」

しかし対岸の火事ではない。ブートキャンプは、日を追うごとに訓練難易度がどんどん上がっていくのが恒例《こうれい》だ。

「隊長、あと六日の辛抱《しんぼう》です」

「……おー」

「終わったら、隊長の好きな焼き肉にいきましょうね」

「……おー」

ミスミス隊長の顔は、早くも幽霊《ゆうれい》のように真っ青だった。

そしてブートキャンプ七日目。

最終日の朝。すべての訓練を終えた兵士たちは、今、ジャングル奥地の断崖絶壁《だんがいぜっぺき》の下に集合していた——

否《いな》。

死屍《しし》累々《るいるい》と横たわっていた。

「もう無理……音々、これ以上あのおいしくない戦闘糧食《レーション》とか絶対無理。早く帝都《ていと》に戻《もど》ってマトモなご飯が食べたいよ……」

「おい立て音々。イスカ、そっちは？」

「隊長が倒《たお》れて動かない」

地面に座りこむ音々を起こすジン。

その奥で、イスカはうつぶせに倒れているミスミスに声をかけていた。

「隊長ってば」

「……アタシ、精根つき果てた」

「そんなこと言ってないで。ほら整列の時間ですよ。もうすぐ迎《むか》えのヘリも来るはずです」

訓練を終えた兵士たちは、輸送用のヘリコプターで帝都に帰還《きかん》する。

あとはソレを待つだけだ。

『諸君、七日間にわたるブートキャンプご苦労だった』

響《ひび》きわたる教官の声。

拡声機《スピーカー》を通じてのもので、本人の姿はここにない。

『まもなくヘリが到着《とうちゃく》する。そこには帝国幹部も乗っていて、過酷《かこく》な訓練を終えた諸君らに労《ねぎら》いの言葉をかけて下さるだろう』

「や、やっと終わりですのね！」

真っ白に燃えつきていたピーリエ隊長が、ふらふらと起き上がった。

「あとはヘリで帰るだけ……ああ、温かい食事とベッド……お風呂《ふろ》に入ってこの泥《どろ》だらけから解放されますわ」

『しかし』

「……しかし？」

『諸君に残念なお知らせがある。ヘリの到着場所が変更《へんこう》になり、諸君らのいる崖《がけ》の下ではなくなった』

「……はい？」

ピーリエ、ミスミス両隊長の笑顔《えがお》が凍《こお》りついた。

『諸君らの前にそびえ立つ崖の上に、たった今ヘリが到着した』

「この上ですって⁉」

青ざめたピーリエが崖を見上げる。

高さ二十メートル以上ある断崖絶壁。もちろん上に登るためのハシゴもロープも一切《いっさい》見あたらない。

「まさか……」

『崖上《ここ》まで素手《すで》で登ってきたまえ。それがキャンプの最終訓練だ』

「う、嘘《うそ》でしょう⁉　もう私たち限界ですのよ！」

『ヘリが止まっているタイムリミットは一時間。それまでにたどり着けない者は、置いていく』

断崖絶壁の下――

兵士たちの阿鼻叫喚《あびきょうかん》が轟《とどろ》いて、最後の戦いが始まった。

「ひどいよ、最終訓練があるなんて聞いてないし！」

荒々《あらあら》しい岩肌《いわはだ》に必死でしがみつき、ミスミス隊長が悲鳴を上げた。

「この崖を登りきれなかったら、アタシたち置き去りってこと!?」

「おい隊長《ボス》、絶対に滑《すべ》るなよ」

「わ、わかってるもん！」

すぐ下に続くジンへと、ミスミスが緊張《きんちょう》の面持《おもも》ちで頷きかえす。

昨夜にふった雨のせいで、岩の表面が濡《ぬ》れてとにかく滑るのだ。

体力の限界だけではない。摩耗《まもう》しきった神経をさらに極限まで張りつめなければ、手を滑らせて転落してしまうだろう。

「一度でも転落したら登りなおしてる時間はねぇぞ」

「う……うん。イスカ君、音々ちゃん、そっちはどう!?」

「音々はいけそう。イスカ兄は？」

「大丈夫。ミスミス隊長、こっちの岩壁の方が凸凹《でこぼこ》が多いから掴《つか》まりやすいです」

先頭を登るのがイスカ。

その下にミスミスが続いて、音々、ジンという順番だ。

ただし――

教官からの追加ルールによって、兵士たちは部隊単位でロープで繋がっている。

つまり一人が手を滑らせれば、部隊全員がまとめて落下するという何とも意地悪なルール付きだ。

「ちょ、ちょっと待ってイスカ君。アタシこういうの苦手で……」

「ミスミス隊長、次は右足を上げて。そこの窪《くぼ》みに手を伸《の》ばして」

「……手が届かないかも」

小柄《こがら》な背丈《せたけ》ゆえ、崖を登るのに苦戦するミスミス。

そこに追いついてきたのがピーリエ隊長の率いる部隊だった。

「ミスミス、これが最後の勝負ですわ。さあ皆《みな》の衆。あと少しですわよ。ミスミスが苦戦してる今のうちに追い越《こ》すのです……早く崖の上へ！」

焦《あせ》るピーリエの指先が——

ツルッと滑った。

「あっ……」

「危ないピーちゃん！」

岩壁から滑り落ちるピーリエ。

その手をぎりぎりで摑んで助けたのは彼女の部下ではなく、他《ほか》ならぬミスミスだった。

「だいじょうぶ？」

「あ、あなた……」

信じられないものでも見たかのようなまなざしで、ピーリエは自分を助けてくれたミスを見つめていた。

「な、なぜ私に手を差しのべるのです……私を助けようとしてあなたが滑れば、あなたの部隊まで真っ逆さまに落下していたのですよ！」

誰《だれ》もが七日間のキャンプで疲弊《ひへい》しきっている。

ミスミスとて限界に近いだろう。

なのに、なぜ。

「え。だってアタシたち友だちでしょ」

「……っ！」

友だち。

その言葉にピーリエが言葉を失った。

帝国軍の仲間だから——せいぜい、そんな組織的《ビジネス》な常套句《じょうとうく》が返ってくるとばかり思っていたのに。

「……私とあなたが友だちですって」

「違《ちが》うの？」

「……あなたという人は」

「どしたの?」

無垢《むく》なまなざしを向けてくるミスミス隊長。

憎《にく》らしかったはずなのに。

今はその双眸《そうぼう》が眩《まぶ》しくて、まともに顔を合わせることもできない。

「…………ふっ」

「ピーちゃん?」

「認めますわ。ミスミス・クラス隊長、私の負けです」

摑まれた手を握《にぎ》りかえして。

清々《すがすが》しい微笑《びしょう》で、ピーリエは人生初、自分から敗北を認めたのだった。

「今日だけはあなたに勝ちを譲《ゆず》ってさしあげます」

═══════

最終訓練──

百人の兵が最後の力を振《ふ》りしぼって登りきった崖の上には、軍のヘリコプターが待っていた。

教官と、そして帝国幹部の姿もある。

ブートキャンプを耐《た》えぬいた兵士を温かく迎える特別ゲストだ。

「やっほーみんな、元気してたかな」

「あれ、璃洒ちゃん!?」

ミスミスが目を丸くした。

機体から現れたのは、顔なじみである使徒聖の璃洒だった。

「うんうん、みんなくたびれてるわね。でもよく頑張《がんば》ったわ」

「璃洒先輩《せんぱい》!?」

そこへ。

猛烈《もうれつ》な勢いで走ってきたのは、崖を登りきったピーリエだ。

「璃洒先輩、来てくださったのですね！　ご覧ください。私、見事やりとげましたわ！」

目に涙《なみだ》をうかべて。

抱擁《ほうよう》を求めるように両手を広げる。

「さあ！　今度こそ、この私を司令部へ推薦《すいせん》してくださいませ！」

「やー。がんばったわね」

「先輩っ！」

両手を広げて迎え入れる璃洒。

そこにピーリエが抱《だ》きついて――

「おつかれミスミス！」

「……あら？」

スカッ、とすれ違う二人。

感動の抱擁のはずのピーリエの横を通りすぎて、璃洒が抱きついたのはミスミスだった。

「……あ、あれ？」

ぽかんとするピーリエの横で。

「ミスミス元気してた？　うんうん、疲《つか》れてるミスミスも可愛《かわい》いわぁ」

「ちょっと璃洒ちゃんー。アタシ疲れてるのにぃ」

「いいじゃんいいじゃん、そういう嫌《いや》がる顔も可愛いし」

ミスミスの髪《かみ》をくしゃくしゃに撫《な》でる璃洒。

普段《ふだん》は誰にもこんなことをしないはずの女幹部なのに、その様子が、もうなんというかあまりにも愛らしくて親しげだ。

「これも仲間とのコミュニケーションよん。同じ帝国軍の仲間じゃん」

「単にアタシのこと弄《いじ》りたいだけでしょ」

「あはは、バレた？」

その一部始終を見守って。

「…………」

置いてけぼりにされた黒髪の女隊長が、拳《こぶし》を握り固めてプルプルとふるえだしていた。

「あ……あのですね……璃洒先輩？　それにミスミス？」

誰も聞いてない。

璃洒はミスミスを構うのに夢中で、ミスミスは璃洒を追い払《はら》おうとするのに精一杯《せいいっぱい》。

「ちょっと璃洒ちゃんってば」

「んー。いいじゃんいいじゃん」

「――――」

そして。

「く、悔《くや》しくないですから！」

ピーリエは、声を嗄《か》らして叫《さけ》んだのだった。

「ミスミス！　やっぱりあなたは私の敵です。覚えてなさい！」

全速力で走り去っていく。

これ以後、ピーリエ隊長によるミスミスへの挑戦《ちょうせん》がさらに激化するのだが、それはまたいつかのお話で。

＝＝

その頃《ころ》。

帝国《ていこく》から遠く離《はな》れた地――

魔女《まじょ》の楽園『ネビュリス皇庁《おうちょう》』の王宮にて。

「アリス様、ご報告があります」

「あら、どうしたの燐《リン》？」

親しい従者に声をかけられて、一人の少女がふり返った。

アリスリーゼ・ルゥ・ネビュリス９世――

眩しい金髪《きんぱつ》に愛らしい面立ちをした王女である。

ちなみに帝国軍の剣士《けんし》イスカとは互《たが》いを宿敵と認め、ライバル視している仲なのだが、
それは二人だけの秘密である。

「報告って何かしら？」

「帝国領の東海岸沿いです。その地の基地でキャンプが行われたとの報告がありました」

「軍事訓練ね？」

「はい。主要部隊もそこに多数参加しているとの情報です。我が星霊《せいれい》部隊に様子を探《さぐ》らせ

るべきかと」

「それは現地の判断に任せるわ」

ふぅ……と。

報告を聞きながら、アリスは何とも残念そうに息を吐《は》きだした。

事実そのとおり残念なのだ。

アリスが求めている情報は、帝国軍のキャンプ情報などではない。

「そうじゃないのよ。そんな訓練なんかの報告じゃなくて、わたしが知りたいのはイスカが次に向かう派遣《はけん》先よ。戦場が知りたいの」

「……アリス様、またそればっかり」

そんな主《あるじ》の態度に、従者はガックリと肩《かた》を落とした。

最近のアリスはいつもそう。

敵である帝国剣士イスカとの再戦ばかり気にして、その他のことがついつい疎《おろそ》かになりがちなのだ。

「でもわかりませんよ。あの帝国剣士も訓練に参加してたりして」

「そんな偶然《ぐうぜん》あるわけないわ」

冗談《じょうだん》めいた従者にそう応じ、アリスは窓の向こうを見つめたのだった。

敵国——

帝国領の方角を。

「今度こそ二人で決着をつけたいのに、イスカはどこにいるのかしら」

File.03

キミと僕の最後の戦場、
あるいは
乙女だらけの花園生活

the War ends the world /
raises the world
Secret File

CONFIDENTIAL

「音々《ネネ》、今日からイスカ兄の部屋に泊《と》まろうと思うの」

「……はい？」

「ちゃんと着替《きが》えと歯ブラシとコップ持っていくからいいよね。わぁい、すごく楽しみ！」

「どういうこと⁉」

部隊の音々から朝一番にそう言われ、イスカの休日は始まった。


世界二大国の戦争――

イスカたちの所属する『帝国』は、魔女の楽園『ネビュリス皇庁』と百年もの戦争を続けている。

これは、そんな帝国軍のある日の出来事。


「あ！　ねえねえイスカ兄、あの話聞いた？」

「あの話って？」

イスカが基地の中を歩いているところに音々が駆《か》けよってきた。すらりとした細身に、赤毛のポニーテールが印象的な愛らしい軍人少女である。

「ほら基地の拡充《かくじゆう》計画。みんなが住んでる寮《りよう》も改築して新しくするんだって」

「もちろん聞いてるけど、どうかした？」

「大変なの！　最初に女子寮を改築するらしいんだけど、壁《かべ》や床《ゆか》も新しい不燃化材に張り替《か》えるから、音々たちみんな女子寮から追い出されちゃう」

はぁ……、と。

音々がぐったりと肩を落としてみせる。

「女子寮に住んでる兵士は荷物をまとめて、改築工事中は別の場所に住むようにだって。だからみんな大慌《おおあわ》てなの」

「司令部からのお達しでしょ。僕の方にも連絡《れんらく》来たよ」

イスカも人ごとではない。

女子寮の次は男子寮なので、今まさに部屋の整理をしている最中である。

「でも待遇《たいぐう》は悪くないんだろ？　女子寮から出なくちゃいけない間、帝都のホテルに泊まれるって」

「うん。それなんだけどね……」

もじもじと音々が言いよどむ。

なぜか頰《ほお》まで赤くして、少女は上目《うわめ》遣《づか》いに見つめてきた。

「音々、今日からイスカ兄の部屋に泊まろうと思うの」

「……はい？」

耳を疑った。

あまりに突然《とつぜん》な話に、なんと返事すればいいのだろう。

「ちゃんと着替えと歯ブラシとコップ持っていくからいいよね。わぁい、すごく楽しみ！」

「どういうこと⁉ ちょっと待った、話がつながらないって！」

帝国軍の基地拡充計画――

女子寮の改築でしばらくホテル生活になるが、司令部から宿泊代《しゅくはく》はしっかり支給される。

音々にとっても何ら問題はないはずなのに。

「どうして僕の部屋？ だって音々は女の子だし、男子寮にこっそり泊まるって……いろいろ問題だろ」

「音々は気にしないもん」

「周りが気にするよ⁉ そもそも男子寮の僕の部屋なんて広くないし、ホテルに泊まった方が百倍贅沢《ぜいたく》できるじゃん」

「それなんだけど――」

音々がきょろきょろと辺りを確認《かくにん》。

どうやら周りに聞かれてはいけない類《たぐい》の話らしい。

「ついさっき音々もホテルの宿泊代が支給されたの。司令部から」

「結構な額だろ？　一週間のホテル代と食費まで支給されるって聞いたよ」

ホテル生活はお金がかかる。

女子寮にある食堂は使えず、ホテル内の高価なレストランを利用することになるだろう。

そうした諸経費も司令部から支給されるのだ。

何一つ不自由はあるまい。

「だからイスカ兄の部屋に泊まりたいの」

「だからの意味がわからないし!?」

ホテル代は支給された。

なのになぜ音々は、自分《イスカ》の部屋に泊まりたいとねだるのか。

「音々、詳《くわ》しく」

「つまりね、音々たちは女子寮を出てる間、支給されたホテル代の範囲《はんい》でやりくりする。

だけど余ったお金は返さなくていいの。ということは……」

「うん？」

「イスカ兄の部屋に泊まればホテル代が節約できる。なんと支給額がそっくり音々のお小《こ》遣《づか》いに！」

「ずるっ!?」

「ずるくないもん！」

いかにも自信ありげに音々が胸を張ってみせた。

「ほかの子も、みんな友だちの家とか親戚《しんせき》の家に泊まる予定だよ。そのお金で贅沢したり旅行に行こうって」

「……なんて強《したた》かさだ」

ホテル代は支給されたが、具体的にどこに泊まれとは命令されてない。

つまりそういう事なのだ。

司令部に見つかってもギリギリ許される範囲で賢《かしこ》く立ちまわる。恐《おそ》るべし女軍人たちの知恵《ちえ》である。

「それにしたって男子寮は……」

「イスカ兄の部屋なら見つからないよ。音々もイスカ兄も訓練の時は同じテントに泊まってるし。何も問題ないよ？」

「そう来たか……」

イスカと音々は、同所属。

第九〇七部隊の仲間であって、同じテントで寝泊《ねと》まりすることも日常茶飯事《さはんじ》だ。

「ね？」

お願いする音々が、可愛《かわい》らしい瞳《ひとみ》でじーっと上目遣いに見つめてくる。

子猫《こねこ》のようなまなざしで。

「…………」

「…………」

そして、先に根負けしたのはイスカの方だった。

「……わかったよ僕の負け。今回だけだからね」

「わー、ありがとイスカ兄！　さっそく荷物持ってくるね！」

跳《と》びはねた音々が、勢いよく基地の廊下《ろうか》を走っていく。

と。

入《い》れ違《ちが》いでやってきたのはイスカの上司であるミスミス隊長だった。

「あ！　イスカ君ここにいたんだね」

イスカの胸までしかない小柄《こがら》な背丈《せたけ》だが、これでも立派な成人女性。帝国軍の部隊をまとめあげる歴戦の女軍人である。

「アタシや音々ちゃんの女子寮が改築工事で住めなくなるの。一週間くらいホテル暮らしになるんだけど、知ってた？」

「それはもちろんですが……」

「イスカ君の部屋に泊《と》めて」

「嘘《うそ》でしょ⁉　いやいや何を言ってるんです隊長。ホテル暮らしを満喫《まんきつ》できるじゃないですか！」

咄嗟《とっさ》に聞き返すが、ミスミス隊長は引き下がらない。

「これは上司《アタシ》からの命令。第九〇七部隊は、本日よりイスカ君の部屋を拠点《きょてん》にします！」

「どんな命令⁉……一応聞きますけど、その理由は？」

「だって帝都のホテルって基地内にないんだもん」

すらすらと答えるミスミス隊長。

「女子寮は基地の中にあるけど、ホテルは一番近くても帝都の繁華街《はんかがい》まで歩かないといけないでしょ。それは良くないと思うの」

窓の向こう――

ミスミス隊長が、繁華街の方向を指さした。

「アタシたち機構Ⅲ師は緊急要員《きんきゅう》なんだから。ネビュリス皇庁《おうちょう》との戦争が拡大したら誰《だれ》より迅速《じんそく》に集合するのが役目。ならば！　基地から遠いホテルじゃなくてイスカ君の部屋に泊まるのが帝国軍人としての心得でしょう！」

「なんとっ⁉」

その発想はなかった。

どんな無茶な話が飛んでくるかと思いきや、なんと立派な心得だろう。

「感動しましたミスミス隊長！　僕はてっきり音々と同じく、隊長がホテル代をお小遣いにしたいからって……」

「それもあるけど」

「あるの!?　やっぱりお小遣い稼《かせ》ぎが目的じゃないですか！」

「待ってイスカ君！」

ミスミス隊長が片手を前に突《つ》きだして「待ちなさい」のポーズ。

「焦《あせ》らないで。アタシの崇高《すうこう》な目的は、さっき言ったとおり作戦展開上の都合だよ。ホテル代をお小遣いにだなんて、そんなのは些細《ささい》なオマケの話に過ぎないの」

「じゃあ僕の部屋に泊まっていいですから、ホテル代は司令部に返金します？」

「それは嫌《いや》」

「お小遣い目的じゃないですか!?」

「ねえイスカ君、いーじゃない」

こちらの手を引っ張って、男子寮の方に歩きだそうとする隊長。

「どうせ音々ちゃんもイスカ君の部屋に泊まるんでしょ」

「なぜそれを⁉」

今度はイスカが動揺《どうよう》する番だ。

部隊の同僚《どうりょう》とはいえ、男女が一つの部屋に泊まるというのは周りに知られたら大問題。

二人だけの秘密事項《じこう》であるはずなのに。

「音々ちゃんから聞いたよ」

「音々――――っ！」

「ねえイスカ君。部下の音々ちゃんを部屋に招いて、まさか隊長のアタシを見捨てるなんてないよねぇ？」

反論を許さない気迫《きはく》の笑《え》みで、ジリジリと詰《つ》めよってくる女隊長。

「それとも二人はもしやそういう仲ってことかな？」

「違います⁉」

「じゃあいいよね。はい決定！」

「……はい」

その一時間後。

男子寮《りょう》のイスカの部屋には、大きな旅行カバンを持ったミスミス隊長と音々が集合していた。

「わぁい。音々、イスカ兄の部屋に来るの久しぶりかも」

「アタシも時々来るけど、お泊まりは初めてかもねぇ」

男子寮で寝泊まり――

その物珍《ものめずら》しさに、女子二人はまるで修学旅行のようなはしゃぎっぷりだ。

「どれどれ。隊長としては部下の私生活《プライベート》もチェックしないとね。さっそく冷蔵庫の中身を……へえ、しっかり自炊《じすい》してるねぇ」

「隊長、イスカ兄のベッドをチェックしようよ」

「音々ちゃん、それは最後のお楽しみでしょ。先にお風呂場《ふろば》からね」

「二人とも何してるの⁉」

冷蔵庫を開け、クローゼットを開け、書棚《しょだな》の本を片《かた》っ端《ぱし》からチェックし、さらに女子二人はお風呂場の方を見て目を輝《かがや》かせている。

「むむっ、イスカ兄のその反応は……」

「あやしい。あやしいよ音々ちゃん。これは何か隠《かく》してる」

「怪《あや》しいのは二人の方だし！　なんで僕の部屋がスパイの侵入捜査《しんにゅうそうさ》みたいに探索《たんさく》されるんです⁉」

見られて困るような物はイスカにもない。ないと思いたい。

とはいえ女子二人にここまで念入りに捜索されると、さすがに緊張《きんちょう》するというものだ。

「……お茶でも出しますから。隊長も音々もリビングで休んでて」

「はーい」

「いいねー。くつろぐねぇ」

リビングにごろんと寝転がる二人。

「あの……」

「なにイスカ君？」

「いや何でもないです隊長。どうかお気軽に……」

確かに「休んでて」とは言ったが、まさか寝転んで待つくらいリラックスするなんて
——と言いかけた言葉を、イスカはぐっと自制した。

嫌な予感がする。

この部屋は、早くも女子二人の私有地になりつつあるのでは？

「あ……そういえば二人に聞いていい？　どうして僕の部屋なのかな。男子寮にはジンの部屋もあるのに」

第九〇七部隊は四人構成だ。

隊長のミスミスがいて、通信担当の音々がいて、イスカがいる。

最後の一人がジンという狙撃手《そげきしゅ》だが、女子二人はなぜか彼の部屋には泊まる気がないらしい。

「……んー。ねえ音々ちゃん？」

「うん。ジン兄ちゃんはちょっと……」

口々にそう言って、音々とミスミス隊長が顔を見合わせた。

「だってジン君、めちゃくちゃ几帳面《きちょうめん》なんだもん。アタシが遊びにいったときも整理整頓《せいとん》が完璧《かんぺき》で、埃《ほこり》一つ落ちてなくて驚《おどろ》いたよ」

「そうそう。そこらの女子の部屋よりだんぜん綺麗《きれい》なんだもん。なんていうかほら、音々たちが暮らすにはちょっと息苦しいかなぁーって」

ゴロゴロと寝転がりながら、音々。

「イスカ兄の部屋がいいの。この適度な清潔具合。ジン兄ちゃんの部屋と違って三日くらい掃除《そうじ》しなくても怒《おこ》られなそうだし。ねえ隊長？」

「そそ。イスカ君の部屋ならちょっと汚《よご》してもいっかって思えるし」

音々の隣《となり》で、こちらもフローリングの床《ゆか》を転がるミスミス隊長。

「イスカ君の部屋ならビール缶《かん》を倒《たお》してビールこぼしても許されるよね。お菓子《かし》の欠片《かけら》を床にこぼしたりとか」

「嫌ですよ⁉」

「じゃあ脱《ぬ》いだパジャマを床に置きっぱなしにするのは？」

「そこは女子の恥《は》じらいで自制してください！」

たとえ上司といえど、ここは自分《イスカ》の部屋である。

郷に入っては郷に従え。

つまり従うべきは女子二人の方なのだ。

「いいですか二人とも、僕の部屋では慎《つつし》み深く――」

ガチャ。

施錠《せじよう》していたはずの扉《とびら》が、外側から強制解除されたのはその時だ。

「ちゃーっす！　ミスミス、音々たん、イスカっち。三人ともおひさー」

「璃洒《リシャ》さん⁉」

「お邪魔《じやま》するねー」

ドンと巨大《きよだい》なトランクケースを玄関《げんかん》に置くや、眼鏡をかけたエリート女軍人の璃洒が、
我が家のような堂々とした足取りで入ってきた。

天帝参謀《てんていさんぼう》の璃洒。

雲の上の大幹部だが、同期のミスミスとは軍学校の時からの友人である。

「ああイスカっち。ウチも紅茶お願いね。ミルクは15ｃｃで砂糖は3グラム。温度は95度で淹《い》れてくれればいいから気軽にね」

「自分でやってください!?」

「いやぁ困った困ったよ。イスカっちも、どうしてウチがここに来たか気になるでしょ」

「…………」

イスカがちらりと覗《のぞ》きこんだのは、璃洒が運んできたトランクケース。

とても嫌な予感がする。

具体的には、ミスミス隊長や音々がここにいる理由と同じ匂《にお》いが。

「気にならないです。どうか説明せずそのままお帰りを」

「女子寮の改築工事って知ってる？」

「……聞きたくないです」

「まあまあイスカっち。元使徒聖の仲じゃない。ちょっとくらい愚痴《ぐち》に付きあってよー」

璃洒が気楽そうにあぐら座り。

それを見て、ふと起き上がったのはミスミス隊長だ。

「あれ？　でも璃洒ちゃんは幹部だし、女子寮住まいじゃないでしょ。改築で追いだされるの関係ないよね」

「そうなんだけどさー。改築工事の音がうるさくてしょうがないの」

イスカの淹れた紅茶に、ちびちびと口をつける璃洒。

ちなみに紅茶の温度は測ってないし砂糖もミルクも入れてないのだが、それは気にしないらしい。

「ウチは幹部だから女子寮暮らしじゃないけど、工事の音がうるさくて昨日から眠《ねむ》れなくてお肌荒《はだあ》れまくりのストレス溜《た》まりまくりってわけ。ねえイスカっち、紅茶に合うお菓子もほしいな。クッキーない？」

「ここは喫茶店《きっさてん》じゃないです⁉」

「でね。ウチは女子寮に住んでないからホテル代も支給されないの。だからホテルに泊《と》まるなら自腹になるし……そこでウチは閃《ひらめ》いた！」

璃洒がトランクケースを指さして。

「ミスミスの泊まるホテルで一緒《いっしょ》に寝《ね》させてもらえばいい！　だけどミスミスに聞いたらイスカっちの部屋に泊まるって言うから」

「無理です」

「ウチまだ何も言ってないけど？」

「言ってるも同然じゃないですか！」

璃洒のトランクケースには、きっと彼女の「お泊まり」用品が詰めこまれているに違《ちが》いない。

「僕の部屋、ミスミス隊長と音々だけでぎゅうぎゅうだし」

「ミスミスいいよね？」

「いいよー」

「僕の意見は⁉ ちょっと隊長、部下の意見も大事にしましょうよ⁉」

「部下ね。音々ちゃんいいよね」

「うん」

「だから僕の意見は——————っ！」

三対一の多数決。

怒濤《どとう》のごとき女軍人三人の侵略《しんりゃく》に、イスカの部屋はあっというまに占領《せんりょう》されたのだった。

かくして。

お泊まり会という名の女子会が始まった。

「イスカ君の部屋って、いざ住むには殺風景かもねぇ」

日の当たるリビングで、ミスミス隊長が部屋を見まわした。

1LDK。

リビングこそ多少の広さはあるが、部屋の隅《すみ》にイスカのベッドや書棚、机を並べているため手狭《てぜま》になっているのは事実だろう。

「だって男子寮《りょう》ですし」

「そうじゃないの。イスカ君、ずばりここには遊び心がたりないよ！」

ミスミス隊長が起き上がる。

と思いきや、持ち込んできた自らのカバンを漁《あさ》りはじめて。

「やっぱりぬいぐるみだよねー」

ドン、と。

一抱《ひとかか》えはある犬のぬいぐるみをリビングの真ん中に設置した。

「ほら可愛《かわい》い」

「なにしてるんです⁉　待って隊長、ただでさえ狭いリビングがますます狭く――」

しかしイスカが抗議《こうぎ》している間に、残る女子二人がさらなる模様《もよう》替《が》えに動いていた。

「音々もここに花飾《かざ》りたいな。あとやっぱり大型テレビもなきゃ寂《さび》しいよね」

書棚のうえに花瓶《かびん》と生け花。

壁際《かべぎわ》には、音々の部屋から持ちだした大型テレビが。

「じゃあウチは全自動マッサージ機とランニングマシン設置しようかな」

璃洒からは本格仕様のランニングマシンと、全自動マッサージ機が。

「ミスミス、この壁紙も貼《は》りかえる？」

「お花柄《はながら》がいいよね」

「ねえ隊長、音々、ここにアロマ加湿器《かしつき》置いていい？」

「いいよー」

「だから僕の意見はっ⁉　ちょっとそこの三人、話を聞け――――！」

イスカが叫《さけ》びを上げるもむなしく、部屋はあっという間に可愛らしい女子会会場へと変身した。

「……ああ、僕の部屋が……」

甘い香水《こうすい》の匂いとぬいぐるみで彩《いろど》られた部屋に早変わり。

ただ当然のことながら、女子三人の荷物を持ち寄ったせいでリビングに物があふれて身動きできない。

「あれ。アタシの座る場所がないかも」

「隊長こっちこっち。イスカ兄のベッドの上が空いてるよ」

「イスカっち、お茶もう一杯《ぱい》」

「……台所に行きたくても足の踏《ふ》み場《ば》がないんですってば」

イスカが床に座って、残る女子三人——ミスミス隊長、音々、璃洒は仲良くイスカのベッドの上でくつろいでいる。

「んー。いま午後三時？　夕ご飯の支度《したく》には早いし四人でゲームでもして遊ぼっか。ウチ、遊び道具持ってきたんだよね」

ベッドの上で、璃洒が自分のトランクケースを指さした。

「イスカっち。ウチのトランク開けてちょうだい。一番上にカードゲームのセットが入ってるはずだから」

「いいんですか？　女性の私物を勝手に見るのってなんだか悪い気がするんですけど」

「見たら責任とってね」

「どういう意味です……ああこれかな。この『羊さんと狼《おおかみ》ゲーム』ってカードセットですよね」

「そそ」

カードの束を受けとった璃洒が、四人にカードを配っていく。

「カードを他人に見られないようにね。推理ゲームみたいなもんで、ウチらは可愛い子羊さん。だけどこの中に一人だけ、『狼』のカードを配られた人物が混じってます」

ビクッ、と。

カードを配られた四人が一斉《いっせい》に互《たが》いの顔を覗きこんだ。

「狼に食べられないよう、子羊さんは協力しあうの。毎ターン、子羊さんは狼を推測する『狩人《かりゆうど》』とか『占《うらな》い』カードがあるから、それを駆使《くし》して狼を探しだすわけ」

ルールブックを取りだす璃洒が、それをベッドの上に広げてみせて。

「狼は『村人』とか『親羊』のカードを使ってごまかすわけ。三ターン後、この場の全員で一番怪《あや》しいと思った人物を選んで、狼を銃殺《じゆうさつ》よん」

「銃殺っ!?」

声を震《ふる》わせたのは、ミスミス隊長だ。

「ちょっと璃洒ちゃん!?」

「ゲームの話だってば。それで狼を当てられたら子羊さんチームの勝ち。外したら狼の一人勝ちってわけ。簡単でしょ？」

「――ミスミス隊長」

ぽつりと。

今までじっと黙《だま》っていた音々がギラリと目を輝《かがや》かせた。

「隊長あやしい」

「え？」

「隊長の、いま悲鳴を上げたのすごくあやしい。まるで本物の狼みたい」

「な、何を言ってるの音々ちゃん？」

あどけない表情を蒼白《そうはく》にして、ミスミス隊長が跳《と》びはねた。

「アタシは狼じゃないよ！　こんな可愛くて優《やさ》しいみんなの隊長が、子羊さんを食べちゃう狼なワケないよ。そうでしょ！」

「…………」

「音々ちゃん？」

「音々、じっとみんなの顔を見てたんだよね。カードを配られた時の」

カードを握《にぎ》りしめる四人。

その中で、音々が注目していたのはカードを見た瞬間《しゅんかん》の反応だ。

「音々は見てたもん！　ミスミス隊長、カードを配られた時に『ぎくっ』って表情《かお》してた！」

「ち、違うよ⁉　音々ちゃん信じて、アタシは――」

「まあまあ二人とも落ちつきなって」

早くも不穏《ふおん》になる二人の間に、璃洒がニヤニヤ顔で割って入った。

「音々たんの言うことも一理あるし、ミスミスが狼とも確定したわけじゃないよ。それを今からゲームで推理するんだから。あ、そうだ。ウチいいこと思いついちゃった」

「……璃洒さん悪い表情《かお》」

「なに言ってるのイスカっち。ウチの心はクリスタルみたく綺麗《きれい》だよ？」

ウィンクで応《こた》える璃洒が、ミスミスをじーっと見つめて。

「このゲームで負けた人が今日の夕ご飯の準備担当ね。狼の正体を当てられたら子羊三人の勝ち、外したら狼の勝ち。どう、ミスミス？」

「なんでアタシのこと見て笑ってるの璃洒ちゃん……」

「いやぁ別にぃ。狼が誰《だれ》かなんてまだわかってないしね。ねえ狼……おっと間違えた。ねえミスミス？」

「わざと!?　いま絶対わざとアタシにそう言ったでしょ!?」

真っ青なミスミス隊長。

カードを握りしめる手も震えていて、誰の目からも動揺《どうよう》は明らかだ。

「さあゲームスタートよん！」

璃洒の宣言と共に『羊さんと狼ゲーム』の開始。

しかし戦いは、既《すで》に推理ゲームの体《てい》をなしていなかった。誰もが「ミスミス＝狼」と確信していたからだ。

「音々のターン！　『狩人』をミスミス隊長に発動。このカードで名指しされたプレイヤーが狼だったら自白すること！」

「音々ちゃんっ⁉」

「狼の正体はミスミス隊長だもん。音々は自信あるよ。さあどう？」

「……うっ」

音々に狩人カードを突《つ》きつけられて、ミスミス隊長が口ごもる。

「ア、アタシは狼じゃないよ！」

「……なんだって」

「まさか⁉」

ざわりと衝撃《しょうげき》が走る。

それが意味するものは、つまり。

「音々わかった！　隊長の手札には『村人』カードがあるの。それなら『狩人』で指名しても嘘《うそ》をつける。そうでしょ璃洒さん？」

「そうねぇ。まずはミスミスの手札から村人カードを奪《うば》わないと」

「ひどいっ⁉」

「僕のターン。『占い』カードでミスミス隊長を指名します」

「イスカ君までっ⁉」

音々、璃洒、イスカの三人から集中攻撃《こうげき》されるミスミス隊長。

だが執拗《しつよう》にくり返される尋問《じんもん》に対し、ミスミス隊長はついに三ターンもの間、決定的な証拠《しょうこ》を出さず逃《に》げのびていた。

「も、もうわかったでしょ……アタシは悪い狼じゃないよ！」

はぁはぁと息を荒《あら》らげながら、ミスミス隊長が胸に手をあてて。

「狼はアタシじゃない！　アタシはみんなの優しい隊長で、無害な子羊さんなの。信じて！」

そして狼決定タイム。

この場の四人の多数決で、狼と思われるものが銃殺される。

運命の時だ。

「ミスミス隊長（イスカ）」

「ミスミス隊長（音々）」

「ミスミス（璃洒）」

「なんで――――っ⁉」

必死の訴《うった》えにもかかわらず、多数決によってミスミス隊長は銃殺（ゲーム内）されたのだった。

「うぅ、アタシの信用って……」

「ほら隊長、早く早くカード見せて。狼のカードを――えっ⁉」

ミスミスの手放したカードをひっくり返した瞬間、音々から驚《おどろ》きの悲鳴が上がった。

「う、うそ⁉ ミスミス隊長の持ってるのは子羊さんだ！ 音々たち、仲間の子羊さんを撃《う》っちゃったの？」

「そんな⁉ じゃあ本物の狼は……まさか！」

「……実は僕だったんだよね」

狼のカードを表向きにしたのは、なんとイスカだった。

「イスカ兄が⁉」

「イスカっち⁉ え、じゃあミスミスのさっきの動揺は？」

ざわめく音々と璃洒。

イスカが狼だったことより、二人にとってはミスミスが狼ではなかったことが衝撃だったらしい。

「ミスミス隊長、どうしてあんなに動揺してたの？」

「そうよ。手も震えてたし」

「……アタシ、ゲームって下手だからすぐ緊張《きんちょう》しちゃって」

「紛《まぎ》らわしいっ！」

「ごめんなさい――――!?」

音々と璃洒に詰《つ》められ、ミスミスはなんとも虚《むな》しい悲鳴を上げたのだった。

「僕の勝ちだね」

「うー……しょうがないわねぇ」

「音々たちで夕ご飯の準備しなきゃ」

ダイニングに歩いていく女子三人。ゲームに負けはしたものの、この三人がエプロンを身につける姿はなんとも華《はな》やかで可愛《かわい》らしい。

ミスミス隊長は、猫《ねこ》のアップリケがついた子供エプロン。

音々は、いかにもお洒落《しゃれ》で可愛らしいフリル付き。

璃洒は、高級料理店《ガストロノミー》の黒のコックコートという本格仕様である。

「イスカっちは幸せものねぇ。帝国軍《ていこく》の幹部のウチの手料理だなんて」

「璃洒さん、料理できるんです？」

「まあ見てなさいって。帝国軍最新の美食を披露《ひろう》してあげる」

台所に向かう女子三人。

リビングで様子をうかがうイスカにも、女子三人の賑《にぎ》やかな会話が聞こえてくる。

「ねえねえ、璃洒ちゃんってホントに料理できるの？　いつもアタシの部屋でスーパーのお弁当食べてた記憶《きおく》があるけど」

「ふふん、ウチくらいの天才になると、ちょっと練習すれば何でもプロ級よん。特に味見は超《ちょう》得意」

「……味見？」

「お皿を並べるのと、料理のレシピを調べるのも得意よん」

「役立たずじゃん⁉」

「そんなことないってば。ウチがお皿を並べる。ミスミスが料理を作る。見事なチームプレー…………あ……」

ガシャンッ
イスカの待つリビングまで響《ひび》きわたる、お皿の割れる音。

「ちょっと璃洒ちゃん⁉」

「やばっ。イスカっちの大皿割っちゃった。ミスミスが話しかけるから」

「アタシのせい⁉」

「まあいっか。お皿の一枚くらい無くなってもイスカっちわからないわよね」

わかります——

内心そう突っこむイスカ。

一人暮らしの男の家に大皿なんて数枚しかない。一枚減れば明白だろう。

「あ……」

ガシャガシャンッ

悲劇再び。

ダイニングから聞こえてきたのは、再びお皿が割れる音だった。

「あーミスミスってば」

「ち、違《ちが》うの!? アタシも普段《ふだん》からこんな大皿なんて持ち慣れてなくて……イスカ君、台所から大皿が全部なくなっちゃっても気づかないかなぁ」

気づきます——

あれほど大きな音がなぜリビングに届いてないと思うのか。イスカが内心そう突っ込んでいる間にも、さらに女子三人のひそひそ声が。

「……気づかないよね」

「大丈夫《だいじょうぶ》。イスカ兄ってばアレで意外と天然なところあるから」

「大丈夫だってば。何なら大皿二枚のかわりにウチのサイン色紙二枚置いておけばいいって。喜ぶよ」

「喜ばないし⁉」

このままでは危険だ。

そう察し、イスカは速《すみ》やかにリビングの床《ゆか》から立ち上がっていた。

「三人とも！　さっきから不審《ふしん》な音と会話が聞こえるんだけど」

「イ、イスカ兄っ⁉」

「気づかれた⁉　だ、ダメだよイスカ君、まだこっち来ちゃだめ！」

「イスカっち、こっちは乙女《おとめ》の――」

女子三人のいるダイニングへ。

そこでイスカは見てしまった。

床に散乱する大皿の破片《はへん》。そして何より、彼女たちが手にしたモノを。

「……みんな、何それ？」

粉末コンソメスープの袋《ふくろ》（璃洒）。

レトルトカレーのパック（音々）。

桃《もも》の缶詰《かんづめ》（ミスミス隊長）。

華やかな女子三人が、いずれもインスタント食品セットを握《にぎ》りしめていたのだ。

「……イスカ兄」

ふっ、と。

寂《さび》しげな微笑《びしょう》をにじませる音々。

「音々たち、イスカ兄に大事な秘密を見られちゃったね……」

「音々？」

「このレトルトカレー、お湯で温めて、お皿に盛りつけて『音々の手料理カレーだよ』って言うはずだったの……」

哀愁《あいしゅう》ただよう音々。

その隣《となり》でも、璃洒とミスミスが。

「ウチもこのコンソメスープ、三時間かけて煮込《にこ》んだ特製スープだよって言い張るつもりだったのに……」

「アタシもこの桃の缶詰、果樹園から採ってきたばかりの新鮮《しんせん》な桃だよって……」

「ウソにも程《ほど》がある⁉」

三人の手にしたものを指さして、イスカは叫《さけ》んだ。

「みんなどうして！　璃洒さんはともかく、音々もミスミス隊長も料理はできるはずなのに！」

料理の心得のない軍人はいない。

過酷《かこく》な演習時こそ、温かくて栄養のある食事が必要だからだ。

「三人ともどうして。料理できるはずじゃ……」

「え。だって……」

もじもじと恥《は》ずかしがる女子一同。

そんな三人を代表して、音々がおずおずと言葉を続けた。

「この部屋に泊《と》まりにくる時、そういえば音々たち包丁とか何も持ってきてなかったの。ナイフとフォークはあるんだけど……」

「料理しない前提⁉」

ちなみにイスカの台所にある包丁は一本きり。三人いても使えるのは一人しかいない。

「だから包丁使わなくてすむ料理がいいかなーって」

「……そのさ……女の子は料理ができなきゃダメっていう気はないけど、さすがにこれは深刻だよ」

急きょ夕食会議。

四人の出した結論は、「今日のところは肉を焼くだけの焼き肉でよくない？」というものだった。

イスカが割れたお皿を片付けて。

ミスミスが、女子寮《りょう》から軍用のガスコンロを運んでくる。

そして音々と璃洒とで買い物へ。

「おまたせー！」

スーパーで買い物をしてきた音々の手には、ビニール袋いっぱいの焼き肉セット。

それを一目見て、ミスミス隊長が目を輝《かがや》かせた。

「音々ちゃんこれは⁉」

自他共に認める焼き肉通のミスミスは見抜《みぬ》いたのだ。

音々の買ってきた肉が、滅多《めった》に手に入らない高級品であると。

「この美しい輝き！　間違いない、これは幻《まぼろし》の最高等級A５肉。帝都のスーパーでも滅多に入らないし、入っても高価すぎて手が出せない特上品……音々ちゃん、これをどうやって手に入れたの⁉」

「ん？　ああそれウチの奢《おご》り」

のほほんと答えたのは璃洒だ。

こちらはお酒の缶をビニール袋から取りだしながら。

「焼き肉パーティーだし、どうせなら贅沢《ぜいたく》したいじゃん」

「でも高かったでしょ？」

「へーきへーき。どうせ司令部の経費で請求《せいきゅう》するし」

軍の幹部から、サラリと爆弾《ばくだん》発言が飛びだした。

「ほらミスミス。ちゃんと焼き肉のタレも最高級だよ。どう？」

「璃洒ちゃん素敵《すてき》！」

「ふふん？　まあね。ウチくらい優秀《ゆうしゅう》になると司令部への経費請求くらい顔パスだし」

ミスミス隊長に抱《だ》きつかれた璃洒もまんざらでもない表情で。

「……バレたら懲戒《ちょうかい》処分だけど」

「ちょっと!?　いま璃洒さんボソッと不吉《ふきつ》なこと言ったでしょ！」

「あはは心配性《しんぱいしょう》だなぁイスカっち。だいじょーぶだって。いざとなったら天帝閣下に命令されて焼き肉したって言えば司令部も黙《だま》るから」

「それで黙る司令部も心配ですが!?」

「さあみんな！」

璃洒が、ビール缶を掲《かか》げてみせた。

「超豪華《ちょうごうか》な焼き肉パーティー始めるよ。というわけで乾杯《かんぱい》！」

ミスミスと璃洒は、ビール缶。

未成年のイスカと音々はジュースで乾杯……というのも束《つか》の間《ま》で、女子三人のまなざしは早くも鉄板の上に注がれていた。

「イスカ君はい、焼けたよ」

焼き肉専用トングで、手際《てぎわ》よく肉を並べていくミスミス隊長。

明らかに素人《しろうと》の手つきではない。

本職の焼き肉店員も顔負けのソレである。

「隊長、僕の台所にそんな専用のトングってありました？」

「ううん。アタシの」

テーブル上には、ピカピカに磨《みが》き上げられた焼き肉トングたち。

「やっぱり枕《まくら》と歯ブラシとトングは自分専用のを持ってないとねぇ」

「……枕や歯ブラシと同列なんです？」

「同列じゃないよ。トングが一番上」

「どんだけですか⁉　っていうか包丁持ってこないでトング持ってくる時点でなんかおかしいです！」

そんな会話の合間にもミスミスの手は止まらない。

イスカと音々と璃洒それぞれの肉の焼き加減の好みにあわせて、実に絶妙《ぜつみょう》に焼き方を調整。しかも三人の食べる速さにあわせてだ。

なんと洗練された手さばきだろう。

「……隊長、焼き肉屋さんの店員になれそうですね」

「あー。アタシ、焼き肉店でアルバイトしてたことあるからねぇ」

「ホントにしてた!?」

「弟子《でし》を取らないことで有名な焼き肉店の前で三日三晩、雪が降るなかお店の外で弟子入りをお願いしたこともあったねぇ」

「軍の訓練より本気ですね……」

「三日三晩の最後の夜、空腹と低体温症《しょう》で倒《たお》れたところで、ようやく師匠《ししょう》が弟子入りを認めてくれたんだよねぇ。あの時に教わった『肉の秘奥義《ひおうぎ》』まだハッキリと覚えてるよ」

「弟子入りしてた!?　しかも何ですかその秘奥義、すごく気になるけど聞いたら負けな気がする！」

イスカも初めて聞く逸話《いつわ》である。

おそらく軍学校時代、まだミスミスが隊長ではない時の話だろう。

「……音々、この話知ってた？」

「もちろんー」

ジュースの缶にちびちびと口をつける赤毛の少女。

「ミスミス隊長がぁー動物園でぇー、ビスケットを叩《たた》いてーゾウさんが……ゾウさんが、にゃんこ大戦争だぉー」

「へ？」

「あれぇー。なんだろぉ、イスカ兄がぐるぐる回ってる……」

イスカ視点では、どう見てもフラフラしているのは音々の方である。顔を赤らめてふふっと笑っているのだが、どうにも呂律《ろれつ》がおかしい。

「ねえイスカ兄、このジュースふしぎな味がするのぉ……」

「まさかお酒!?」

音々が手にしていたのはジュースではなく、隣の璃洒が飲んでいたビール缶？

「はぁはぁ……なんだか身体《からだ》が熱くなってきたよ。音々、このままお星様になっちゃうのかな」

「全然意味わかんないし。って音々、しっかり」

「ばたんきゅー」

「音々――――っ!?」

目を回して倒れる音々。

意識は完全におかしくなってしまっているが、仰向《あおむ》けに寝転《ねころ》ぶ本人は実に幸せそうな笑顔《えがお》である。

「璃洒さん、音々のジュースとり間違えてません？」

「ん？ ちょっと待ってねイスカっち。ミスミスのグラスにビールを注《つ》ぐので忙《いそが》しいから」

「いやいや、これは大事な話で――っ、璃洒さん⁉」

目の前の光景に、イスカはぎょっと目を剝《む》いた。

璃洒の手にしているのはビール缶ではなく、最高級焼き肉のタレ。それを空のグラスに注いでいたのだ。

「……まさか璃洒さん」

「あはははは っっ」

「こっちも酔《よ》っ払《ぱら》ってる――――⁉」

笑いながら焼き肉のタレをグラスに注ぐ璃洒。

イスカにとっても衝撃《しょうげき》の新事実だ。帝国《ていこく》軍きっての聡明《そうめい》で知られる璃洒が、酔っ払うとこんなにも砕《くだ》けてしまうとは。

「ほいミスミス、ビールだよー」

焼き肉のタレである。

どう見てもビールの黄金色《こがね》ではなく濃厚《のうこう》な茶色であるのだが、残念ながら正常な判断ができる者はイスカを除いていなかった。

「んー」

焼き肉のタレで満たされたグラスを見つめるミスミス隊長。

その目が、とろんと眠《ねむ》そうで。

「まさかミスミス隊長……」

「ごくんっ」

「飲んだー!? ミスミス隊長までいつの間にか酔っ払ってるし。ダメです隊長、そんなの飲んだらお腹壊《なかこわ》しますって!」

「変な味のビールだねぇ」

「ビールじゃないから！ 濃厚な焼き肉のタレですから！」

すべては遅《おそ》かった。

ミスミスと璃洒はもともとお酒に弱いらしく、すぐに酔い潰《つぶ》れてしまったらしい。

「あー。璃洒ちゃんのお酒のグラスが空っぽだねぇ。ついであげる」

「だから隊長、それ焼き肉のタ――」

ばさっ、と。

そう言いかけたイスカの頭に布状の何かが降ってきた。

「え……上着？」

「うーん。焼き肉の熱で、ウチお肌《はだ》がぽかぽかしてきたかもぉ」

璃洒が上着を脱《ぬ》いでシャツ姿。

さらにイスカの目の前で、胸元《むなもと》のボタンまでゆっくりと外し始めて――

「ぬいじゃおー」

「脱ぐなぁぁぁぁぁあっっ!?　璃洒さん正気に戻《もど》って。いつもの聡明な姿はどこにいったんです！」

「あははは。なぁにを言ってるのチョコワッフル君、ウチはいつだって利口だよー」

「僕の名前チョコワッフル!?」

璃洒があっというまにシャツの第四ボタンまで外してしまう。

細身ながらもグラマラスな璃洒の胸元があらわになって、イスカとしては顔を背《そむ》けるしかない。

「璃洒さん上着を……！」

「あー。イスカ兄がー璃洒さんのことジロジロ見てるぅ」

後ろから音々の声。

振《ふ》りかえる間もなく、寝転んでいた音々が背中に抱きついてきた。

「音々っ⁉」

「ふふイスカ兄は可愛《かわい》いなぁー」

満面の笑みで抱きついてくる音々。

やはりお酒が抜《ぬ》けていないのか顔は赤く染まったまま。

「でも璃洒さんみたいに脱ぎ始めるよりはマシか……」

「ねえねえ音々と睨《にら》めっこしよ。笑ったら負あはははははっっ！」

「まだ何もしてないけど⁉」

璃洒は酔うと脱ぐ。

音々は、どうやら笑い上戸になるらしい。

さらに。

「アタシのぬいぐるみーっ！」

「僕はぬいぐるみじゃないですが！」

今度はミスミスが、イスカの腕《うで》に抱《だ》きついてきた。

「あれぇ？　アタシの抱き枕、いつもこんな硬《かた》かったっけ」

「部下と抱き枕間違《まちが》えないでください」

「すやぁ……」

「って寝《ね》ます普通《ふつう》⁉　僕の手を枕がわりにしないでください！　ああもう、みんな正気に戻って！」

イスカの願いもむなしく。

「枕投げ大会はじめるよー」

シャツの胸元を大きくはだけた璃洒が、ミスミスのぬいぐるみを手にして立ち上がっていた。

「あー璃洒ちゃーん。それアタシのぬいぐる――」

バフッと音を立ててミスミスの顔にぬいぐるみが直撃《ちょくげき》。

もちろん璃洒が投げたものだ。

「…………」

「た、隊長？　平気です？」

「やったなぁー」

ニコニコしながらミスミス隊長が立ち上がった。

ぶつけられたぬいぐるみを璃洒めがけて投げ返す。

「えーい」

だがお酒に酔ったフラフラの足取りで、「上手《うま》く投げ返せるわけがない。

ぬいぐるみが宙を舞《ま》って――

璃洒とは全然別の、リビングの壁《かべ》にぶつかった。

非常警報装置。

帝国軍の寮《りょう》に必ず備えつけられている、緊急《きんきゅう》用のスイッチへ。

「あ……」

「大あたりー」

ミスミスが嬉《うれ》しそうに叫《さけ》んだ次の瞬間《しゅんかん》、非常警報装置からけたたましいサイレンが鳴り響《ひび》いた。

――『非常事態発生、緊急事態です』

唸《うな》るサイレン。

イスカの部屋が真っ赤に染まり、ここが発生源ですと一目でわかる色に早変わり。

「まずいいいっいいいいっっっ!?」

「緊急事態ってなに?」

「隊長がいま投げたぬいぐるみのせいですよ!」

「……すやぁ」

「また寝た⁉　ぐっ……サイレンを、サイレンを止めないと！」

ここは帝国の軍事寮である。

サイレンを聞きつけた武装した帝国兵が、数分とかからず駆《か》けつけてくるのは確実だ。

「通報を止め――――」

「あはははイスカ兄楽しいねぇ」

「音々⁉　ま、待ってくれ。お願い、先にこの状況《じょうきょう》を止めないと！」

笑い上戸の音々が、イスカの腕にしがみついてきて離《はな》れない。

「だぁめ。イスカ兄は音々のー」

「あらん。イスカっち楽しそう。ウチも一緒《いっしょ》に遊ぶぅ」

さらには璃洒まで後ろから抱きついてくる。

手を伸《の》ばせばあと数センチ。

指先一つ分の距離《きょり》で、壁の警報装置に手が届くはずなのに。

「二人とも離して――――――っ⁉」

「あはははははっっ」

「イスカっちの背中あったかーい」

部屋の扉《とびら》が蹴破《けやぶ》られた。

武装した緊急機動班が到着《とうちゃく》したのはその時だった。

「警報はここか⁉」

「我々がついたからにはもう大丈夫《だいじょうぶ》だ。安心し――――」

銃《じゅう》を握《にぎ》りしめた武装兵たち。

彼らが見たのは、イスカの部屋ではしゃぐ女子三人のあられもない姿であった。

「…………」

上着を脱いでシャツの胸元を大きくはだけた璃洒に、笑い転げる音々。さらにミスミス

隊長までもいつのまにか上着を脱いでいる。

「…………」

気まずい。

何か、とてつもない誤解を武装兵《かれら》にさせている気がする。

「い、いや違うんです。これは……」

必死に手をふるイスカだが、武装兵からの慈悲《じひ》はなかった。

「本部に連絡《れんらく》しろ。女子三名を無事に確保。そして容疑者を拘束《こうそく》したと」

「容疑者って僕⁉」

「痴漢《ちかん》容疑で同行してもらう」

「だから違うって――――!?」

事件レポート――
帝国《ていこく》兵イスカ
女性三名を部屋に拉致《らち》した痴漢容疑で、帝国司令部が取り調べ中。
なお、本人は容疑を否認《ひにん》。

＝＝＝

場所は変わって。

魔女《まじょ》の楽園『ネビュリス皇庁《おうちょう》』、その王宮で。


「――――」

「あ、あのアリス様……?」

親愛なる主《あるじ》アリスの機嫌《きげん》がとっても悪いことを肌で感じとり、従者の燐《リン》はそっと顔色を窺《うかが》っていた。

「……どういうことかしら」

アリスリーゼ・ルゥ・ネビュリス。

眩《まぶ》しい金髪《きんぱつ》と愛らしい面立《おもだ》ちがよく似合う美少女……ではあるのだが、今のアリスは、とても険しいまなざしである。

「燐、この事件レポートは昨日のことなのね？」

「は、はい」

「この記事にある帝国兵イスカ、あのイスカのことかしら」

「……おそらくは」

「そう」

アリスの静かな怒《いか》り。

もちろん燐に八つ当たりするようなことはないのだが、その言葉の端々《はしばし》に苛立《いらだ》ちが滲《にじ》んでいるのがわかる。

「燐。これをどう思うかしら？」

「え、ええと……」

どう思うと言われても。

帝国剣士《けんし》イスカは敵兵だ。それも主アリスにとっては最大の強敵である。従者の燐からすれば、このまま永遠に取り調べを受けていてほしいのだが。

「あのイスカが痴漢ですって？　ありえないわ、そんなことするわけないでしょう！」

アリスはそうではない。

自分の大切な好敵手になんてバカバカしい容疑をかけたのだ、という帝国への怒りが爆《ばく》発《はっ》していた。

「どうかしら燐？」

「は、はい……あの……」

このまま捕《つか》まってればいいのに——

と正直に言えば、アリスに怒《おこ》られるのは燐の方だろう。

「あの帝国剣士が我が国の敵であるとは先に申し上げておきますが……奴《やつ》は、人としての公序良俗《こうじょりょうぞく》に反する真似《まね》はしないかと」

「そう、その通りよ！」

アリスが拳《こぶし》を握りしめた。

「これは陰謀《いんぼう》の匂《にお》いがするわ！」

「陰謀ですか？」

「イスカが痴漢なんて真似をするわけないわ。帝国軍内部の騒乱《そうらん》があったに違いないのよ。何者かがイスカを陥《おとし》れようとしている。そういうことよ！」

「燐、いますぐイスカを釈放《しゃくほう》するための釈放金を用意なさい！」

「えぇっ⁉　敵に塩を送ると⁉」

「敵だからこそよ」

アリスの決意は固かった。

「わたしが戦場で決着をつけるはずの相手が、こんな痴漢容疑で捕まるなんてあってはならないのよ。だって――」

窓の方へと振《ふ》りかえる。

帝国の領土である南の方角をまっすぐ見つめて。

「このわたしを差しおいて、イスカが他の女性に手を出すわけがないわ！」

「その言い方は誤解を招きます⁉」

「だって好敵手《ライバル》だもの」

アリスは真剣そのものだ。

もっとも、実に誤解を招きそうなセリフではあるのだが。

「わたしとイスカは、星の運命で結ばれた（再戦を誓《ちか》う）仲なのよ！」

「さらにカップルみたいです⁉」

「は、はあ……」

「とにかく！　わたしという者がありながらイスカ、キミはいったい何をしてるのよ――っ！」

後日。
イスカが無罪放免《ほうめん》で釈放された知らせを受けて、アリスは満足げに頷《うなず》いたのだった。

File.04

キミと僕の最後の戦場、
あるいは
アリスの花嫁戦争《ハッピーエンド》？

the War ends the world /
raises the world
Secret File

CONFIDENTIAL

「大変だよイスカ君、大事件！」

「はいはい大事件ですね。さて今日の合同演習は——」

「……あ、あれイスカ君？　ちょっと聞いてってば！」

「ミスミス隊長が大事件って言う時は、大したことじゃないって相場が決まってます」

帝都ユンメルンゲン。

その第三セクター軍事基地で、帝国剣士イスカはのんびりとふり返った。

「外に捨《す》て猫《ねこ》がいた時は拾って相談所に届ければ大丈夫ですよ」

「違うよ⁉」

「じゃあ酔《よ》っ払《ぱら》いが基地の外に寝《ね》てた時には警務隊を呼んで……」

「だから違うってば⁉」

小柄《こがら》な女隊長が、勢いよく首を横に振る。

ミスミス・クラス隊長。

あどけない顔と小動物のような仕草が実に幼げだが、これでも立派な成人女性。第九〇七部隊をまとめあげる女軍人である。

そんな隊長が。

「本当に大ニュースなの。これはもう、間違《まちが》いなく帝国軍が震《ふる》えるね！」

「……そんな重大ニュースなら司令部から直接連絡が来るはずですが」

「アタシが手に入れた特ダネなの！　ほらこれ！」

隊長が手にしていたのは、帝都の駅で配布されていたらしき雑誌だ。

――驚愕《きょうがく》の事実、発覚！

ネビュリス皇庁の王女に恋人《こいびと》が⁉

「……ええと」

「ね、すごいでしょ？」

「ああ下の記事ですね。『帝都三番街のカフェに子猫が生まれました』……」

「全然違うよ⁉　こっちの皇庁の王女に恋人がって記事！」

ネビュリス皇庁とは。

一言でいえば、イスカたち帝国軍が争っている敵国だ。

世界二大国――

イスカたちの所属する帝国は、魔女の楽園『ネビュリス皇庁』と百年もの戦争を続けている。

「……敵の王女に恋人発覚って、そんな騒《さわ》ぐほどの事件です？」

「大事件だよイスカ君！　これだけの噂《うわさ》だし、この彼氏も間違いなく相当な大物だもん。どこかの国の王族とか！」

ミスミス隊長の声に力がこもる。

「このカップルが成立すると、皇庁側に強力な同盟国ができちゃう。アタシたち帝国《ていこく》軍にとって脅威《きょうい》が増すってことになるの」

「あ、なるほどです」

ただの噂と聞き流していたイスカだが、確かに帝国軍に関《かか》わってくる可能性もある。

ミスミスが慌《あわ》てるのも納得《なっとく》だ。

「でも素朴《そぼく》な疑問なんですけど、どうして真っ先に僕に？　いつもなら司令部への連絡《れんらく》が優先かなって」

「だってイスカ君が写ってるんだもん。この記事に」

「……はい？」

自分が写っている？

ネビュリス皇庁の王女に彼氏ができたという記事に？

「どういうことです？」

「ほらここ。この記事の端《はじ》っこに写真が載《の》ってるでしょ。彼氏に違いないって報道されてる男の後ろ姿がイスカ君そっくり」

「またまた冗談《じょうだん》を…………あれ？……」

男の後ろ姿を撮《と》った写真が、確かに自分《イスカ》そっくりなのだ。

収まりの悪い黒髪《くろかみ》に、細身ながら鍛《きた》えられた背中。

……確かに似てる。

……服もそっくりだし。

写真の彼が着ている上着は、イスカが持っている上着によく似ている。

背景の街並みも見覚えがある。イスカが頻繁《ひんぱん》に行っている中立都市エインの繁華《はんか》街《がい》で間違いない。

「イスカ君、まさか帝国を裏切って、敵のネビュリス皇庁《おうちょう》に……」

「ま、待ってください隊長！　確かに僕っぽい雰囲《ふんい》気《き》だなとは思いますけど！」

疑わしげな表情のミスミス隊長に、イスカは慌てて手を振った。

「別人です。よく似た他人ですって」

「……本当？」

「心当たりないですよ。そもそも敵の王女の恋人だなんて。帝国軍人の立場からして変ですって」

そう言いながら──

実はイスカには心当たりがあった。

互《たが》いに見知った相手という意味で、覚えのある皇庁の姫《ひめ》が一人いる。

ただしイスカと「彼女」は恋人ではない。

戦場のライバルだ。

「まさかアリスが？……だけどアリスが勝手にこんなことするわけないし、何かの間違いだよなぁ」

そもそもアリスが自分《イスカ》を恋人だなんて報道するわけがない。つまり他人のそら似だろう。

イスカはそう結論づけることにした。

「僕なんて平凡《へいぼん》な外見ですし。後ろ姿なんて誰《だれ》でも似たり寄ったりですってば」

「うーん……まあそっか。そうだよね。イスカ君が敵の王女の彼氏だなんて、そんなのあるわけないいか」

ミスミス隊長も納得。

「ごめんねイスカ君、あんまり似てたから一応訊《き》いておきたくて」

「いえいえ。偶然《ぐうぜん》ってあるものですね。僕に似てるなんて」

記事の写真を眺《なが》めながら、イスカはのんびり頷いたのだった。

まさか。

まさか本当に自分の写真だとは夢にも思わずに。

＝＝＝

数日前――

魔女《まじょ》の楽園『ネビュリス皇庁』。

その王宮の一室で。

「……まずいわ。とってもまずいわ。そろそろ女王様《おかあさま》が来ちゃう！」

アリスは、実の母である女王の来訪に怯《おび》えていた。

「燐《リン》、扉《とびら》は閉まってるわね」

「は……はいアリス様」

「ご苦労。念のため窓も閉めておいてちょうだい」

アリスリーゼ・ルゥ・ネビュリス。

眩《まぶ》しい金髪《きんぱつ》と愛らしい面立《おもだ》ちをした可憐《かれん》な王女だ。

帝国軍からは「氷禍《ひょうか》の魔女」と恐《おそ》れられており、特に帝国剣士《けんし》イスカとは互いにライバル視しあう仲なのだが、それは二人だけの秘密である。

　そのアリスが――

　一月に一度、恐怖《きょうふ》する日がある。

「アリス様」

　扉を指さして、アリスの従者である少女・燐がふり向いた。

「時間です。女王陛下がお越《こ》しになったようですよ」

「だめよ燐、絶対に開けちゃだめ！」

　慌ててリビングの奥へ。

　大きめの本棚《ほんだな》の後ろに身を潜《ひそ》めて、顔だけを怖々《こわごわ》と覗《のぞ》かせながら。

「わたしは外に出て留守よ。女王様《おかあさま》にそう言って！」

「留守も何も、さっきまで会議に出てたじゃないですか」

「じゃ、じゃあ……風邪《かぜ》よ。ごほっ、ごほ……ほら、頭が重い気もするし熱があるような気もするわ。もうわたし倒《たお》れそう！」

「顔色はとても良さそうですが」

「と、とにかくダメよ。今日はわたし女王様《おかあさま》と顔を合わせる気は――」

「聞こえてますよアリス」

扉の鍵《かぎ》が強制的に開けられた。

しまった、女王《はは》はこの部屋の合鍵を持っていた。そんな致命的《ちめいてき》なことを今さら思いだして、アリスは深々と溜息《ためいき》をついたのだった。

「女王様《おかあさま》……」

「おはようアリス。何やら不安そうな表情ですが、どうかしましたか」

ネビュリス８世――

帝国軍から「魔女の中の魔女」と恐れられる女王だが、その美しい容姿と優雅《ゆうが》な佇《たたず》まいで皇庁の国民から厚い支持を受けている。

王女アリスにとっては実の母親だ。

「ふぅ、運ぶだけでも一苦労ですね」

どさっと。

女王が、アリスの机に写真アルバムを山のように積み上げた。

「これはまさか……」

「今月のお見合い候補《リスト》です」

「いやぁぁぁ――――――っ⁉」

悲鳴を上げて後ずさる。

そう。これこそアリスが恐れる月に一度の『お見合い候補《リスト》』だ。

「女王様《おかあさま》！　まだわたし彼氏もいないのに、それを通りこして結婚《けっこん》前提のお見合いだなんて早すぎですっ！」

「アリス、これはあなたが良き恋人を見つけるためですよ」

アルバムの一冊を手に取る女王。

「十七歳の王女たる者、そろそろ彼氏を見つけるべき。これは王宮の総意であり、王女の使命なのです」

「……う、うぅっ⁉」

これでも根は真面目《まじめ》なのだ。

アリスにとって、王女の使命という言葉はとても効く説得なのである。

「ですが女王様《おかあさま》。王女である前にわたしは一人の少女です。たとえ簡単にお見合いなどと言われようが、そこに従う気は――」

「今月のノルマは三人です」

「決定事項《じこう》っ⁉」

「アリス、これは幸せなことなのです。あなたに一目会いたいと願う者が大勢いるのですから」

アリスには、毎日のように周辺諸国から縁談《えんだん》が寄せられる。

王族、起業家、資産家など。

次期女王候補というアリスの地位は魅力《みりょく》だが、それ以上に、アリスという十七歳の少女が可愛《かわい》らしいという理由もあるのだろう。

「でも、なぜわたしだけなのです。イリーティアお姉様とシスベルは許されてるのに」

アリスは三姉妹《しまい》の次女である。

年齢《ねんれい》の近い姉も妹もいるのだが、その二人がお見合いを命じられたという話は聞いたことがない。

「女王様《おかあさま》、どうしてわたしだけ？」

「長女《イリーティア》は諸外国に外遊中です。城にいないのでお見合いもできません」

「でも三女《シスベル》は城にいますわ」

「あの子は無理です」

女王がきっぱりと首を振《ふ》って。

「あの子、そもそも部屋から出てきませんから」

「……ああ」

そうだった。

妹の第三王女シスベルは、極度の引きこもりで極度の人見知りなのだ。

ここ一月近く、妹《シスベル》が部屋の外にいる姿をアリスは見ていない。無理やり縁談など持ちかけようものなら、その反動で一年間は部屋から出てこなくなるだろう。

「なので長女《イリーティア》と三女《シスベル》の分もアリスにお願いするのです。頼《たの》みましたよ」

「ノルマ三人って、その三姉妹分⁉　ちょっと女王様《おかあさま》⁉」

「私はこれから会議です」

アリスの制止の声も届かずに、女王が部屋を去ってしまう。

残ったのはアリスと燐の二人だけ。

「……な、なんで……」

「アリス様のお気持ちはわかりますが、仕方のない部分もあるかなと」

アルバムを手にする燐はいたって真面目なまなざしだ。

「女王陛下にとってアリス様は大事な娘《むすめ》です。素敵《すてき》な彼氏ができるようにと願っていらっしゃるのです」

「……そうだけどぉ」

目の前のソファーによろよろと寄りかかりながら。

「わたしの考える恋《こい》は、こんな人為《じんい》的な出会いじゃないわ。求めているのは運命的な出会いだもん！」

アリスとて年頃《としごろ》の乙女《おとめ》だ。恋に対するこだわりも当然ある。

恋をするなら——

やっぱりドラマチックで夢のある出会いがいいに決まってる。

「ぷぅ……」

「頬《ほお》をふくらませてないで。お見合い相手なのだからアリス様が選ばないと」

アリスが拗《す》ねている間も、燐は良さそうな相手を選定中である。

「この方なんかどうです？　隣国《りんごく》の医師ですよ。医大を首席で卒業した青年で、アリス様にもしものことがあっても医師がいれば安心です」

「……誰でもいいわ。どうせ断るから燐が決めて」

ソファーに寝転《ねころ》ぶアリス。

テーブル上に積み上げられたアルバムをぼんやり眺めながら。

「ねえ燐、今月は特に申し出が多い気がしない？」

「ああ、それは——」

アルバムをめくる手を止めた燐が、思いだしたように手を打った。

「先月のお見合い募集《ぼしゅう》で、アリス様のスナップ写真を公開したからだと思います」

「わたしの写真？」

「はい。アリス様が海開きに参加された時のです。ほらこちら」

「水着じゃない⁉」

勢いよく跳《は》ね起きた。

その勢いでアルバムを開き、そこにある写真を凝視《ぎょうし》する。

「これって……⁉」

白い砂浜《すなはま》、宝石のように青い海。

燦々《さんさん》と照りつける太陽を見上げて、優雅に微笑《ほほえ》んでいるアリスの水着姿が――

「な、ななな何よこれ⁉」

「ですから先々月の海開きで」

「そうじゃなくて！　わたしこんなの撮《と》られた覚えがないもん！」

同行した部下がこっそり撮ったものだろう。ただアリスが顔を真っ赤にしているのは、ただ水着姿だからというだけではない。

「これプライベートの旅行だったわよね」

「はい」

「どうぞ気楽にって言われたし、ちょっとくらいお洒落《しやれ》な水着がいいかもって思ったのは覚えてるけど……」

露出《ろしゆつ》が多めの水着を選んでみた結果――

アリスの豊かな胸が、水着から今にもこぼれ落ちそうに弾《はず》んでいる。

腰回《こしまわ》りも見事にあらわになっていて、水に濡《ぬ》れた金髪《きんぱつ》が白い肌《はだ》にしっとりと張りついているのも艶《なま》めかしい。

……全然自覚なかったけど。

……わたし、こんな露出多めだったの？

自分の目から見ても実に色っぽい格好だ。

思いがけぬ恥《は》ずかしさに、アリスの方が顔を赤らめたくなってしまう。

「って待って、こんな写真をお見合い募集で公開したの⁉」

「はい。大臣たちが満場一致《まんじょういっち》で可決したそうです」

「わたしに内緒《ないしょ》でどんな会議をしてるのよ⁉」

「この水着写真を公開したところ世界規模でお見合い希望者が爆増《ばくぞう》しまして。効果は確かかと」

「ちっとも嬉《うれ》しくないもん⁉」

バン、とテーブルを叩《たた》いてみせる。

アリスの水着姿——

白日のもとに晒《さら》された乙女の肌に、血気盛《さか》んに群がる男たち。

「……もうやだ」

「アリス様の写真、大反響《はんきょう》ですね」

「ばかばか！　みんな破廉恥《はれんち》よ、もう知らないんだから！」

吼《ほ》えるようにそう叫《さけ》んで、アリスは再びソファーに倒《たお》れたのだった。


お見合い当日——

王宮のラウンジで、アリスは約束の相手を待っていた。

「アリス様、もう間もなくです」

「……はぁ。気が進まないわ」

お見合い用の服で着飾《きかざ》ったアリスだが、こうして椅子《いす》に座っているだけで溜息《ためいき》がこぼれてしまう。

「燐、今日は三人ね？」

「ええ。もちろんアリス様がこれはと思う人物がいれば、そこで切り上げても文句は出ないと思いますが」

「……そうねぇ」

視線を天井《てんじょう》へ。

お見合い相手がやってくるまで、もうあと僅《わず》か。

「よし、決めたわよ燐！」

「アリス様？」

立ち上がったアリスに、燐が驚《おどろ》いたように顔を上げた。

「どうしたのです急に？」

「やる気を出したの。女王様《おかあさま》の命令とあらば聞かなくちゃいけないし、わたしがいつまでも憂鬱《ゆううつ》な気分でいたら、従者のあなただって肩身《かたみ》が狭《せま》いでしょ？」

「アリス様！」

燐が、じんと声をふるわせた。

「とうとうわかってくれたのですね！　そして従者の私までお気遣《きづか》い頂いて、大変嬉しく思います！」

「もちろんよ。燐、彼氏にするかどうかは、わたしの基準で選んでいいのね？」

「はい！　どうか心ゆくまでお考えになられてください！」

「……そうね」

ふふ、と。

アリスのこぼした意味深な微笑《びしょう》は、感動中の燐には気づかれなかった。

――コン。

扉《とびら》の向こうからノック音。

来た。まずは一人目。

「ではアリス様。私は奥の部屋に身を隠《かく》します。お見合いの様子はカメラで見守っていますので！」

「任せてちょうだい」

燐が去っていくのを待って、アリスは扉の向こうに声をかけた。

「お入りください」

「初めましてアリスリーゼ王女、お会いできて光栄です」

入室してきたのは、格式高い白のスーツを着た長身の青年だ。

雑誌モデルと青年実業家の二つの顔をもつ華々《はなばな》しい経歴。くっきりと彫《ほ》りの深い端整《たんせい》な顔立ちが、凛々《りり》しさと清潔感を演出している。

「初めまして、どうぞアリスとお呼びください」

「では改めて……初めましてアリス姫《ひめ》。写真のお姿も美しいが、今お会いしたあなたは、あの写真など霞《かす》んでしまうほどにお美しい」

「まあ、光栄ですわ」

口元に手をあてて微笑。

その写真って例の水着姿でしょう。そう突《つ》っこみたくなるのを理性で堪《こら》えながら。

「ところで早速《さっそく》ですが、わたしなりの審査《しんさ》を考えてみましたの」

「審査、と？」

「ええ。どうか頭上《うえ》をご覧ください」

「頭上《うえ》？」

青年実業家が顔を上げる。

彼の額めがけ、ハンマーの形をした氷塊《ひょうかい》が勢いよく落下してきたのはその時だった。

ガツンっと。

氷塊が、とても痛そうに直撃《ちょくげき》する。

「……う、うーんっ」

氷のハンマーで頭を殴《なぐ》られ、お見合い相手があっという間に倒れてしまう。

そのまま気絶。

「はい失格ね。次の方ー」

「何してるんですかアリス様⁉」

燐が、部屋の奥から飛びだした。

「お見合い相手を星霊術《せいれいじゅつ》で攻撃《こうげき》してどうするんです⁉」

「攻撃じゃないわ、これは審査よ」

「審査？」

「そう。彼をご覧なさい」

「……頭に大きなたんこぶを作って、気絶してるように見えますが」

「そう。これではダメよ！」

うつ伏《ぶ》せに倒れている彼を指さして、アリスは力強く断言した。

「わたしの恋人《こいびと》ならば最低限の強さは必要でしょう」

アリスはただの王女ではない。

魔女《まじょ》の楽園――強力な星霊術を使う者たちの王女なのだ。その彼氏なら、それに見合う強さが必要だろう。

「どんなに格好良くても中身が伴《ともな》わなくちゃね。わたしは、わたしのお見合い相手を選ぶために全力をつくす義務があるわ！」

「その全力を攻撃に向けてどうするんです⁉……いえ、もちろんアリス様が優《やさ》しく手加減されたのもわかりますが……」

帝国軍《ていこく》の基地を一人で壊滅《かいめつ》させるアリスである。

本気を出す相手は、それこそ帝国の最上位戦闘員《せんとう》『使徒聖』くらいのものだろう。今の氷塊もアリスからすれば十分な配慮《はいりょ》によるものだ。

「氷の剣《けん》を降らせるか迷ったけど……ただの氷塊で正解だったわね」

「ラウンジを血に染める気ですか⁉」

床《ゆか》に倒れた彼を担《かつ》いだ燐が、やれやれと溜息。

「とにかく禁止です！　たとえ審査であっても不意打ちで気絶させるなんてもってのほかですから！」

「そう？」

「そうです。……とにかく私はサイラス様を救護室に運ばないと」

「サイラス？」

「この方ですよ⁉　いま私が背負ってる方ですってば！」

ちなみに。

アリスとしては先《さっき》の攻撃を避《さ》けることができたら「やりますわね、あなたのお名前は？」

と尋《たず》ねるプランを練っていたのだ。

あいにく一撃で倒れてしまったので、名前を聞くに至らなかったが。

「そうね。確かに名も聞かずに終わるのは失礼だったわ」

「ご理解頂けましたか」

「次は相手が名乗ってから攻撃ね」

「それはただの決闘です⁉」

「お見合いよ」

「絶対ダメです！……もうアリス様、どうか二人目はお見合いらしく進めてくださいね。くれぐれも出会《であ》い頭《がしら》に攻撃なんてしないこと！」

「…………」

「返事は？」

「はーい」

やれやれとアリスは頷《うなず》いた。

「しょうがないわね。可愛《かわい》い従者がそこまで言うなら、主《あるじ》としては願いを聞き届けないと」

「お願いしますね」

お見合い相手（一人目）を背負った燐が、奥の部屋へと退室。

それからしばらく経《た》って、再びノック音。

「お入りください」

「おお初めましてアリスリーゼ王女、お会いできて光栄です！」

二人目。

入ってきたのは、目をみはる体格をした大男だ。

元有名スポーツ選手で、その知名度を生かして政治家へ一躍《いちやく》転身。政界からも注目される若手である。

「初めまして、どうぞアリスとお呼びください」

「ではアリス姫。写真のお姿も美しいが、今お会いしたあなたは、あの写真も霞んでしまうほどにお美しい」

「まあ、光栄ですわ」

口元に手をあてて微笑。

一人目の彼とまるで同じセリフというのが気になるが。

「どうぞおかけになって、ええと……ブルーノさん」

「では失礼します」

対面に座る若手政治家だが、スーツがはちきれそうなほど筋肉隆々《りゅうりゅう》な体格のせいか、椅子が窮屈《きゅうくつ》そうに見える。

「政界の方とお聞きしていましたが、とても立派な体格をされているのですね」

「ははは！　一線を退いてもトレーニングは現役《げんえき》時代のままですよ！」

元格闘技系のスポーツ競技者だけあって、上腕《じょうわん》の太さはアリスの二倍ほど。胸板《むないた》も驚くほどぶ厚い。

「現役時代は鋼《はがね》の肉体と呼ばれておりました」

「……………」

「おや、どうしましたアリス王女？」

「いえ。素晴《すば》らしい肉体と思って、恥《は》ずかしながら見とれていましたわ」

頰《ほお》に手をあてて答えるアリス。

「ところでブルーノさん」

「何でしょう」

「あなたのその肉体で銃弾《じゅうだん》って防げます？」

「……はい？」

「拳銃《けんじゅう》では少々物足りないので、そうね、帝国軍の標準装備の自動小銃《アサルトライフル》ＴＨ87型の射撃を受けたとして、何発くらい耐《た》えられます？」

「……あのアリス王女。それはどういう意味でしょう」

「ご存じのとおり我が皇庁《くに》は、帝国軍との戦争の真《ま》っ只中《ただなか》にありますわ」

戦況《せんきょう》は一進一退。

膠着状態《こうちゃくじょうたい》が続いているが、いつ戦いの均衡《きんこう》が崩《くず》れるかわからない。

「この王宮にだって帝国軍がやってくるかもしれません」

「……え、ええ」

「帝国軍の兵が銃を構えて迫《せま》ってきた時、あなたも撃《う》たれてしまうかも」

「なっ⁉」

日焼けした彼の顔が、ぎょっとした表情に豹変《ひょうへん》した。

──思ったとおり。

アリスの写真を見て応募《おうぼ》してきたのは、その容姿に見とれてのことだろう。

だからこそ覚悟《かくご》が足りてない。

ネビュリス皇庁《おうちょう》の王女にプロポーズするということは、すなわち帝国軍を敵に回すということなのだ。

「わたしと結婚《けっこん》すれば帝国軍から狙《ねら》われるかも」

「う、うぐうっ⁉」

弱ったような表情の彼。

……ごめんなさい。もちろん大げさな心配です。

内心、クスッとお詫《わ》びの照れ笑いを浮《う》かべているのはアリスの秘密である。

あえて誇張《こちょう》して危険を伝えているが、今の戦況からして帝国軍との全面戦争になることは考えにくい。

これはただの心理テスト。

アリスとしては、この彼の覚悟を確かめたいだけなのだ。

「わたしを守ってくださいますか？」

「も、もちろんですとも！」

政治家が吼《ほ》えた。

己《おのれ》の胸板を拳《こぶし》で叩《たた》いて、自らを鼓《こ》舞《ぶ》する勢いで。

「たとえ帝国軍を敵に回そうがどんな窮地《きゅうち》に陥《おちい》ろうが、俺があなたを守ってみせる！」

「本当ですか？」

「本当だとも！」

「まあ素敵」

笑顔《えがお》でそう応《こた》えて。

「じゃあ審査《しんさ》させてくださいね」

「へ？」

「頭上《うえ》をご覧ください」

「頭上《うえ》？」

若き政治家が顔を上げる。

彼の額めがけ、ハンマーの形をした氷塊《ひょうかい》が落下してきたのはその時だ。

「氷が⁉……ぐっ、これしき！」

椅子《いす》から飛び上がって床を転がり、氷塊を鮮《あざ》やかにかわしてみせる。有名アスリートの経歴に偽《いつわ》りなし。常人離《ばな》れした反射神経だ。

「わっ、すごいですわブルーノさん！」

これにはアリスも驚《おどろ》きだ。

お世辞ぬきの賛美で、お見合い相手に向かって頭を下げる。

「どうか無礼をお許しください。百聞は一見にしかずと言います。ブルーノさんの言葉に偽りがないことも、今はっきりとわかりましたわ」

「はぁ、はぁ……と、当然ですとも」

彼が起き上がる。

息を荒《あら》らげながらも、彼の顔は試合に勝利したスポーツ選手のように晴れやかだ。

「わかって頂けたかな。この俺こそがあなたの彼氏にふさわ――」

「では追加《おかわり》を」

「へ？」

「敵の攻撃《こうげき》が一度とは限りませんわ」

にっこり微笑《ほほえ》むアリス。

その指先に光が灯《とも》った途端《とたん》、さらに大きな氷が宙から勢いよく落下してきた。

ガツン、と。

油断しきった彼の額めがけて、巨大《きょだい》な氷が見事に命中。

「……う、うーんっ」

氷で頭を殴《なぐ》られて、お見合い候補は今度こそ床《ゆか》に倒《たお》れたのだった。

「はい残念。次の方どうぞー」

「だから何してるのですアリス様⁉」

奥の部屋から、再び燐が。

「ですからっ！　お見合い相手にいきなり攻撃を仕掛《しか》けてはいけないとあれほど――」

「違《ちが》うわ燐、これは違うのよ」

「え？」

「今度はしっかりプロセスを踏《ふ》んだわ。まずは相手の覚悟を尋《たず》ねたのよ。そして彼は『ある』と答えたの」

帝国軍《ていこく》を敵に回すという覚悟。

彼はあると答えたのだ。

「ならば、その意思に見合う実力を確かめる必要があると思わない？」

「……はあ」

「ゆえに攻撃よ」

「その手段が問題なんですってば⁉　しかも一回だけでなく二回も攻撃しちゃって……」

「わたしまだまだいけるわ」

「アリス様の心配じゃなくて！　相手の方への同情です！」

床に倒れた元スポーツマンを抱《だ》き起こす燐。

「……また救護室送りですね」

「必要なことよ。だって燐、あなたがもし『命をかけて君を守りたい』って見ず知らずの男から言われたら、どう思う？」

「胡散臭《うさんくさ》いので無視します」

「その男が付きまとってきたら？」

「私より弱い男に私を守れるはずがないので腕試《うでだめ》しに攻撃します……あれ？　なるほど、言われてみれば確かに攻撃したくなるかも……」

「ほらね。確かめるべきなのよ」

渋々《しぶしぶ》ながら納得《なっとく》する燐に、アリスはふふんと腕組みして。

「さあ続きね。燐はこの方を救護室へ。わたしは三人目の攻撃準備に取りかかるわ」

「……せめてお見合いと言ってください」

「次の人は何回いけるかしら。五回は避《よ》けてくれると戦いがいがあるわね」

「戦闘《せんとう》じゃないですから!?」

そして三人目。

本日最後のお見合い相手へ。

「やあ、お会いできて光栄ですぞアリス王女。あなたの実にすばらしい水着写真を一目見た時から――」

「お帰りください」

「ぐはぁっ!?」

アリスの一言と共に。

三人目である恰幅《かっぷく》のいい中年男は、氷塊をぶつけられて完全沈黙《ちんもく》したのだった。

「もう、やっぱりわたしの水着を気にいっただけじゃない！　わたしを見る目線もいかがわしかったし！」

「……ま、まあ。最後の方だけは自業自得《じごうじとく》ですね」

燐が三人目を救護室に運んでいく。

ちなみに今の男も他国の王族なのだが、そんなことで物怖《ものお》じするアリスではない。

「ああ疲《つか》れたわ。燐、これで今日のお見合いノルマはお終《しま》いね？」

「は、はい……」

実業家。

政治家。

王家の跡取《あとと》り。

いずれも裕福《ゆうふく》で地位のある男たちだが、アリスにはそんなもの珍《めずら》しくも何ともない。

違うのだ。

自分が本当に求めているのは――

「今日という今日で完全に理解したわ。燐、わたしもうお見合いなんて絶対しないって決めた！」

「で、でも女王陛下が何と仰《おつしや》るか……」

「その女王様《おかあさま》を説得するのよ」

「本気ですか⁉」

「わたしは本気よ。女王様《おかあさま》にわたしの意思を示してみせるわ！」

颯爽《さつそう》と身をひるがえす。

お見合い候補のアルバムを放《ほう》り投げて、アリスは力強く宣言してみせた。

女王の間にて。

「女王様《おかあさま》、こんなお見合い制度はもうウンザリです！」

会議を終えたばかりの女王を呼びとめて、アリスは声高らかに宣言した。

「わたし、もう誰《だれ》とも知らぬ男性と会うのはこりごりです！」

「……アリス？」

女王がふり返る。

「先ほどの縁談《えんだん》の件ですか？」

「はい女王様《おかあさま》、わたし、こんな苔《こけ》の生えた古い慣習に縛《しば》られてはいけないと思うのです。

この国の王女はもっと自由でもっと革新的でなければなりません！」

「……ほう？」

「と、燐が言ってますわ」

「私なにも喋《しゃべ》ってないですし!?　ちょっとアリス様、言うだけ言ってから私のせいにしないでください！」

慌《あわ》ててアリスの背中に隠《かく》れる燐。

「女王陛下お待ちを！　あ、あの……今のはアリス様の独断で、私はそんな大それた発言は決して――」

「その通りです」

「……え？」

深々と頷《うなず》く女王。

その意外な反応に、アリスは後ろの燐と思わず顔を見合わせていた。

「どういうことです女王様《おかあさま》？」

「アリス、あなたの言う通りですよ。古いしきたりという意味では、あなたの感性は決して間違っていないでしょう」

怒《おこ》られるかも――

その覚悟《かくご》で臨《のぞ》んだアリスとは正反対に、女王はむしろ感慨《かんがい》深い表情だった。

「アリス、燐。あなたたちが知っているかはさておき、このお見合い制度は、かつて私たちが魔《ま》女《じょ》と呼ばれた時にできたものでした」

魔女の楽園――

アリスたち星霊《せいれい》使いが、魔女として迫害《はくがい》されていた時代のこと。

「恐《おそ》ろしい魔女として噂《うわさ》されるような王女に、運命の出会いなどありません。そのため大金や地位を約束して、諸外国から婚約《こんやく》者を募集《ぼしゅう》したのがそもそもの始まりだったそうです。もう何十年も前ですが」

「は、はあ……」

「今は違います。我が国が大国に成長したことで、ちゃんと星霊使いの人権も認められるようになりましたから」

広間を見わたして、女王は誇《ほこ》らしげにそう続けた。

「大金など払《はら》わずとも、このアリスのように他国から縁談を求められることもあります。恋人《こいびと》を見つけることも容易な時代になりました」

「そ、そう！　そうですわ女王様《おかあさま》、わたしもそれが言いたかったのです！」

まさに同感。

アリスが感じていた不満が丸ごと解消された心地《ここち》だ。

「ああ、あと……」

コホンと女王が咳払《せきばら》い。

愛娘《まなむすめ》のアリスを見つめながら。

「親バカと承知の上ですが、アリスは美しいし聡明《そうめい》です。こんな強引《ごういん》な縁談がなくたって、運命の相手も見つかることでしょう」

「お母さま！」

感動の声とともに走り寄る。

両手を広げ、アリスは思いきり女王に抱《だ》きついた。

「わかってくれたのですね女王様《おかあさま》！」

「ええ。ただし――」

愛娘を抱く女王の目がキランと輝《かがや》いたのは、その時だ。

「母を安心させてください」

「……はい？」

「アリス、あなたが選んだ相手を私に紹介《しょうかい》してほしいのです。そうすれば私も安心できるし、お見合いの話をしないと約束しましょう」

「え、ええ……ええとその……」

「あなたが言ったことですよ。自分で相手を見つけると。その自信があっての発言ですよね？」

「も、もちろんですわ！」

そう頷きながらもアリスの冷《ひ》や汗《あせ》は止まらない。

運命の相手？

いやいやまさか。

それはアリスの願望で、今すぐ彼氏を見つけられるわけがない。

「楽しみですねアリス。どんな彼氏を紹介してくれるのか」

「……あ、あはは……はい……」

私室に戻《もど》って。

「……状況《じようきよう》はさらに悪化したわ」

アリスは溜息《ためいき》をついた。

「お見合い反対の話をするだけのはずが、気づけば、今すぐ彼氏を見つける約束をさせられてたわ」

「完全に女王陛下にしてやられただけじゃないですか⁉」

だから言ったのに――

アリスに紅茶を淹《い》れながら、従者の燐も大きく溜息。

「これは女王陛下の見事な誘導《ゆうどう》でした。アリス様が彼氏を見つけられたら縁談の話がなくなる。裏を返せば、恋人を見つけるまではお見合いの話をしますからね――と」

「さすが女王様《おかあさま》。見事にしてやられたわ……」

「元々アリス様が無茶でしたって」

「……はぁ。困ったわ」

燐の言うとおり算段が甘かった。

相手はネビュリス女王。

百戦錬磨《ひゃくせんれんま》の巧者《こうしゃ》なのだから、アリスも策を練っておくべきだった。

「燐、力を貸して。このままじゃわたし来月もお見合いさせられて、そのストレスで夜も眠《ねむ》れなくなるかも」

「いや、アリス様はそこらへん意外と図太いから寝《ね》られますよ」

「そんな返事求めてないわ。いいからほら、こっち来て」

リビングのテーブルで手招き。

椅子《いす》に座ってじっくり腰《こし》を据《す》えて、二人は作戦会議に取りかかった。

――目的「お見合い撤廃《てっぱい》」。

――手段「女王を説得すること」。

ここまでは明確だ。

そして女王を納得《なっとく》させるためには、アリスに恋人ができなくてはいけない。

「でもどうするんです？　そんな急に恋人をお作りになるとでも？」

「……そうね」

しばらく無言で考えた末に、アリスの出した結論は。

「架空《かくう》の彼氏を適当にでっちあげるのはだめかしら？」

「相手は女王陛下ですよ。絶対、証拠《しょうこ》を見せろって言われますってば」

「万策《ばんさく》つきたわ！」

「諦《あきら》めるの早すぎです!?」

額に手をあてながら、燐が溜息。

「……では最初から検討し直しです。そもそもアリス様が結婚相手に求める要素の整理から始めましょう」

「そうね」

言われてみれば、自分の好みというものを口に出したことがない。

「まずは一人の人間として尊敬できることが大事かしら」

「具体的には？」

「芯《しん》のある男の子がいいわ。ただの従順な男《イエスマン》じゃなくて、わたしが間違ってる時にはちゃんと正してくれる度胸がないと」

「そのご要望はわかりますが……アリス様に面と向かって反論できる度胸のある男なんて、世界に百人といないのでは？」

ネビュリス皇庁《おうちょう》の王女ともなれば、世界有数の権力者である。

そんなアリスに臆《おく》さない男がどれだけいるだろう。

「あとやっぱり強さね。本気のわたしと戦えるくらい強くないと」

「世界に十人いませんよ⁉」

「望むのはこの二つね」

「どれだけ高望みを……それ結婚相手が一生見つからない恐れが」

「趣味《しゅみ》が合うのも大事ね」

「減らすどころか付け足した⁉　一言前に『この二つ』って言ったのは何だったんですか⁉」

「思いついちゃったんだから仕方ないでしょ」

アリスだって真剣《しんけん》なのだ。

大事な恋なのだから一生懸命《いっしょうけんめい》考えなければ。

「そして思いやりね。わたしと付き合うからには広い心も大事よ」

「理想高すぎですってば⁉」

「それを探すことに意義があるのよ」

アリスに対して臆さない。

さらに本気のアリスと戦えるくらい強く頼《たの》もしい。

趣味も合うし思いやりもあって――

「そう。たとえばイスカのような」

「イスカ？」

「……あ」

ポロッと。

無意識のうちに発していた名前に、アリスは自分でもきょとんと口を半開きにしていた。

「あ、あら？　わたし今なんて……」

いや待て。

そうだいるじゃないか。自分の条件にピッタリ合う少年が。

「燐、見つけたわ！」

「え？……あぁっまさか⁉　いま良からぬ名が聞こえたような気がしたと思ったら！」

燐が目をみひらいた。

「待ってアリス様、その先を言っちゃいけません！　その心当たりってもしや——」

「イスカがいるじゃない！」

「やっぱりあの男じゃないですか⁉　ダメですってば！」

「……要素はバッチリよ」

帝国《ていこく》軍の元使徒聖イスカ。

本気のアリスと引き分けた唯一《ゆいいつ》の帝国兵だ。

その反面、中立都市で出会った時には姉弟《してい》のように好みがピッタリ一致《いっち》していて、性格も穏《おだ》やか。

……考えてみれば。

……すごいピッタリ合うのよね。

アリスの求める恋人の条件をすべて満たしている。

とはいえ帝国と皇庁は戦争真っ最中。さらに言えば、アリスがイスカに望んでいるのも恋人《こいびと》という仲ではない。

戦場のライバルという関係だ。

「……でも、これを活《い》かすことはできるかもしれないわ。女王様《おかあさま》の説得も」

自らに言い聞かせるつもりで、アリスは大きく頷《うなず》いた。

「ねえ燐、イスカの写真ってあるかしら。たしか中立都市で写した時のものが一枚あったわよね」

「何をされる気です？」

「恋人を見つけたフリよ。女王様《おかあさま》に報告するのに使うの」

そして深呼吸。

「そう、これはフリよ。わたしとイスカが恋だなんて、そんなの天地がひっくり返ってもあるわけないわ」

「そうですよね。それなら良かったです……ところでアリス様、なぜ顔が赤いのです？」

「き、気のせいよ！」

横から覗《のぞ》きこんでくる従者に、アリスは慌《あわ》てて顔をそらした。

「わたしがイスカと恋に落ちるなんて、ありえないわ」

「は、はい……」

「ええ、そうよ！　絶対絶対ないんだから！」

「なんで露骨《ろこつ》にくり返すんです？」

「――――」

「その急な沈黙《ちんもく》が逆に怪《あや》しいですってば、ちょっとアリス様⁉」


女王の間。

一枚の写真を握《にぎ》りしめて、アリスは息を切らせて女王に駆《か》けよった。

「女王様《おかあさま》、さあ紹介《しょうかい》しますわ！」

「どうしましたかアリス。今日は珍《めずら》しく何度もここを訪《おとず》れますね。ところで紹介とは？」

「これが、わたしの恋する方ですわ！」

手にした写真を高らかに掲《かか》げる。

そう、イスカが写っている唯一の写真である。

画面の端《はじ》っこにアリスも写っているので、二人が見ず知らずの関係ではないことも証明できる。

「写真に写っている黒髪《くろかみ》の彼ですか？」

「そうです！」

「……後ろ姿しか写ってないようですが」

アリスの写真を見つめる女王はまだ半信半疑らしい。

彼氏を見つければお見合い不要。

そう約束してすぐ、これが彼氏ですと紹介されても早々信じられないのはもっともだ。

とはいえアリスも引き下がるわけにはいかない。

「アリス、他の写真はないのですか。彼の正面が写っているのは？」

「ありませんわ」

「なぜです？」

「理由があるのです。なぜ後ろ姿だけかというと、この彼はあまりに高貴な地位の方ゆえ、わたしが隣《となり》に立つことさえ恐《おそ》れ多くて」

「……なんですって⁉」

娘《むすめ》の言葉に衝撃《しょうげき》をうける女王。

「それほど高い地位の者が、あなたの彼氏だというのですか」

「そのとおりですわ女王様《おかあさま》」

もちろんウソである。

実際にはアリスが彼と中立都市で出会った時に、去っていく背中を燐が撮影《さつえい》しただけ。

イスカに勘《かん》づかれるのを避《さ》けるため、遠距離《えんきより》から撮影するしかなかったのだ。

「ねえ燐？　そうよね？」

「はい。そもそも二人が一緒《いっしょ》に歩いていたら大問題です。だって帝国軍の兵士で——」

「燐、後半《そっち》は余計よ」

喋《しゃべ》りすぎる従者を止める。

それでも燐の後《うし》ろ盾《だて》もあり、女王も少しずつ信じ始めてくれたらしい。

「ではアリス、あなたと彼がこんなにも離《はな》れて写っているのも……」

「はい。わたしの身分では、この方と並んで歩くことさえできないのです」

だって敵だし。

ついつい本音が漏《も》れそうになるのをぐっと堪《こら》えてアリスは続けた。

「ほら見てください女王様《おかあさま》。この彼の後ろ姿。背中に確かな品格が滲《にじ》みでています」

「……そうですか？」

写真を覗きこむ女王。

「私には普通《ふつう》の背中に見えますが」

「女王様《おかあさま》！　ほらここ、彼の背中から眩《まぶ》しい光が差しこんでいますわ！」

「……言われてみれば後光《オーラ》のようなものが輝《かがや》いているかも」

「それ単なる夕焼け――むぎゅ」

「燐は黙《だま》ってて」

従者の口を手でふさぐ。

「中立都市で出会いました。この方こそわたしが心に決めた（決闘《けっとう》）相手ですわ！」

「もう心に決めたと⁉」

娘からの大胆《だいたん》発言に衝撃を受けて、女王が目をみひらいた。

「わたしは本気です女王様《おかあさま》。彼のことを思うだけで（戦闘意欲が）燃え上がるのです」

「まあっ⁉」

勢いに押されて女王が後ずさる。

娘が、まさか親に隠《かく》して情熱的な恋をしていたなんて。

「アリスがこんなにも恋を進めていたなんて……いえ、だけどお待ちなさい。この皇庁《くに》に迎《むか》え入れるには、高貴なる身分だけでは不十分です」

この皇庁《くに》は、帝国と戦争中。

アリスの彼氏になるには自分の身を守る術《すべ》がなければならない。

「彼の強さはどうなのですか。たとえば武術に腕《うで》の覚えがあったり」

「ご安心を。彼の強さは燐が保証してくれますわ。ねえ燐」

「へ？」

きょとんとする燐を指さして。

「以前に燐は、彼に挑《いど》んでボロボロにやられてしまったのです」

「私が損するだけのエピソードじゃないですか⁉」

「事実よね」

「うっ⁉……そ、そうです。私が手に負えないほどの強者《つわもの》です」

敵ですが――

こっそり付け足す燐の本音は、女王には聞こえなかったらしい。

「なるほど。燐を降《くだ》すほどの実力者。アリスさえ一目置くという高貴な気分……」

「そうです。さらに付け加えるなら」

ぐっと息を溜《た》める。

……こ、これはフリよ。

……お母さまを説得するためなの。

自身に言い聞かせながらも、アリスは頰《ほお》が熱くなるのを感じていた。

「わたし彼に……だ、抱《だ》きしめられたこともありますわ！」

「何ですって⁉」

「ちょっとアリス様⁉」

女王と燐からそれぞれ悲鳴。

「アリス様、いったい何を言いだすのです⁉」

「嘘《うそ》は言ってないわ」

アリスとイスカが初めて戦った戦場で、偶然《ぐうぜん》だけれど。

「まだありますわ女王様《おかあさま》。わたしたち（偶然）隣同士《となりどうし》でオペラを見たこともありますし、（さらに偶然に）同じテーブルで食事をしたこともある仲なのです！」

「まあっ⁉」

今度こそ。

女王は衝撃のあまり言葉を失った。

「アリス……いつの間に大人の階段を昇《のぼ》ってしまって。いえ、親としては娘の成長を喜ぶべきなのでしょうね。ちなみに、まさかと思いますが彼と口づけ《キス》は？」

「まさか⁉ わたしと彼は敵で！」

「敵？」

「……い、いえ何でもありませんわ」

サクランボのように赤くなった顔を背《そむ》ける。

「とにかく女王様《おかあさま》、約束は守って頂きますわ」

「なるほど。わかりましたアリス。どうやらあなたを軽《かろ》んじていたのは私の方だったようですね」

ふっと女王が微笑《びしょう》。娘の成長を喜ぶ母親の表情へ。

と思いきや。

「こうしてはいられません！　大臣、大臣はいますか！」

身をひるがえして、女王は声を響《ひび》かせた。

「今すぐ結婚《けっこん》式の会場を探しなさい。いえ新たな式場を建設するべきですね。今日から設計にかかりなさい」

「……あ、あの女王様《おかあさま》？」

当のアリスをさしおいて、いったい何を始めようというのだろう。

「あのぉ女王様《おかあさま》？」

「新聞記者も呼ばないといけません。この喜ばしき報《しら》せを国民に伝えなければ。第二王女アリスリーゼに恋人ができましたと。今すぐ緊急《きんきゅう》ニュースを流すのです！」

「やめてぇぇぇえっっっっ⁉」

思いもよらぬ親バカだった女王を、アリスは全力で止めたのだった。

数日後。

帝国《ていこく》の軍事基地で——

「そういえばミスミス隊長、あの話ってどうなりました？」

「んー？」

「ほら例の噂《うわさ》。ネビュリス王女に恋人《こいびと》ができたっていう」

会議室のテーブルでのんびり昼寝《ひるね》をしていたミスミス隊長を捕《つか》まえて、イスカは声をかけていた。

「ほら、彼氏が僕に似てるって隊長が言ってたじゃないですか」

「あー……よく覚えてたねぇ」

「そりゃ自分に似てるって言われたら気になりますよ」

あれ以来、その件は音沙汰《おとさた》ない。

帝国軍司令部が騒《さわ》いでいるという話も聞かないから、イスカとしては不思議に思っていたのだ。

「無くなったって」

「へ？」

「あの件、やっぱり噂だったんだって。皇庁の早とちりだったとか。帝国じゃ詳《くわ》しい情報はわかんないけどね」

「……なんだ」

ほっと胸をなで下ろす。

イスカとしては自分が疑われるかと不安だったのだ。

「噂の彼も、イスカ君の他人のそら似だったたってことで結論出たしね」

「だから言ったじゃないですか」

寝そべるミスミス隊長に、イスカは自信満々に答えたのだった。

「あの写真に写ってた彼が、僕なわけありませんって」

File.XX

キミと僕の最初の交差

the War ends the world /
raises the world
Secret File

CONFIDENTIAL

1

「待って！　待って師匠《ししょう》ってば！」

白い息を吐《は》きながら――

黒髪《くろかみ》の少年イスカは、先を進んでいく男の背中を追いかけていた。

夕暮れに染まった大陸鉄道の主要駅《ターミナル》。

旅行客の行き交《か》う通路で、イスカがどれだけ早足で追いかけても距離《きょり》が縮まらないのは、両者の歩幅《ほはば》の違《ちが》いなのだろう。

まだ十一歳という幼い少年《イスカ》に対して、師匠と呼ばれた男の上背は百九十近い。

「もう、すぐそうやって僕を置いていくんだから！」

「…………」

ピタリと足を止めて、男が振《ふ》り向いた。

「置いていくだと？　誰《だれ》が？　誰を？」

「師匠が！　僕をです！」

「…………」

「もしやそれも気づいてなかったんですか？」

「考え事をしていた」

はぁ……

まるで悪びれた様子のない師匠の返事に、イスカはがっくりと肩《かた》を落とした。

この男《ひと》はいつもそうだ。

風来坊《ふうらいぼう》で、暢気《のんき》で、いつもどこか上の空で、何か口にしたと思えば常に気怠《けだる》げで——

そして帝国最強の剣士《けんし》でもある。


クロスウェル・ネス・リビュゲート。

一切《いっさい》の贅肉《ぜいにく》を落とした長身黒髪に、ロングコートを羽織った佇《たたず》まい。

かつて使徒聖筆頭であった時の異名は「黒鋼《くろがね》の剣奴《けんど》」だったらしいが、本人は当時のことを滅多《めった》に語ろうとしない。

本人曰《いわ》く、語りたくないのではなく、語るのが面倒《めんどう》くさいだけらしいが。

「ちなみに、どんな考え事をしていたんです？」

「この列車についてだ」

師匠クロスウェルが見つめる乗降場《ホーム》には、無骨な形状をした黒塗《くろぬ》りの急行列車がいくつも並んでいる。

この主要駅《ターミナル》を出て、世界各地に向かう機関車である。

「十五分後に列車が出る。俺たちはそれに乗るわけだが」

「はい」

「その列車に凶悪《きょうあく》な犯罪組織が乗り合わせていて暴れだした時、どうやって沈静《ちんせい》化するかを想定《シミュレート》していた」

「どんだけ可能性の低い未来ですか⁉」

「列車の走行中に、突然隕石《とつぜんいんせき》が降ってきたら――」

「もっと現実味のあること考えてください⁉」

「未来予測は重要だ」

そう答える師匠はいたって真顔である。

「ありとあらゆる不運と不都合を想定《シミュレート》しておけ。その幾《いく》つかは必ず起きる。戦場であろうとなかろうと。あるいはお前以外の仲間にも」

「……はい」

突拍子《とっぴょうし》もない事から始まるくせに、最後は「なんかまともっぽいこと」で締《し》めくくる。

これも師匠との会話のお決まりだ。

と──

『間もなく、ヴィエル共和国行き特別急行列車が発車いたします。チケットをお持ちの方は乗車してお待ちください』

「そういえば師匠？」

案内《アナウンス》を聞きながら、イスカはふと師匠を見上げた。

「僕たち、なんで列車に乗るんです？」

そもそもこれが旅行なのか遠征《えんせい》なのかも知らない。

つい一昨日《おととい》、突然《とつぜん》に「出かけるぞ」と言われて準備してきたはいいが、いつものように師匠は目的をなかなか教えてくれない。

「留守はジンに任してある」

「……僕は、帝国《ていこく》の外に出て修行《しゅぎょう》ですか？」

「修行とは関係ない」

はて？

日々過酷《かこく》な修練に明け暮れるイスカとしては、この遠出の先もさぞかし恐《おそ》ろしい修練が待っていると覚悟《かくご》していたが。

「僕ら、帝国の外に出て何をするんです？」

「帝国の外を知るためだ」

「帝国の外を知ると何になるんです?」

「…………」

帝国最強の剣士が、主要駅《ターミナル》の天井《てんじょう》を見上げた。

「お前は、まだ魔女《まじょ》というものを知らないからな」

「……少しは知ってます」

帝国人で、「魔女」を知らない者はいないだろう。

星霊《せいれい》という未解析《みかいせき》のエネルギーを宿した「人間でなくなった者たち」。魔女というのは、星霊の力をふるう恐怖《きょうふ》の存在だ。

――凶暴《きょうぼう》で攻撃《こうげき》的で、帝国を憎《にく》む者たち。

そんな印象《イメージ》。

なぜ印象《イメージ》かというと、イスカ自身、魔女と言葉を交わしたことがないからだ。

すべて帝国で語り継《つ》がれてきた情報である。

「魔女の印象《イメージ》が間違ってるとは言わない。だが、それがすべてではない」

主要駅《ターミナル》を行き交う人々を見まわす、師匠。

「帝国で語られる魔女の逸話《いつわ》は、大魔女ネビュリスのような極《ご》く一部の例外が引き起こしたものだ。魔女の九割は普通《ふつう》の人間と大差ない。イスカ、この主要駅《ターミナル》を歩いている人間を見てどう思う？」

「……普通の人に見えます」

列車に乗るビジネスマンや、家族連れの旅行者たち。

イスカの目には「普通の人間」にしか見えないが。

「統計的には、魔女や魔人もこの中に混じっているはず。だが帝国人と何一つ変わらないだろう。野蛮《やばん》そうに見えるか？」

「いいえ」

「とどのつまりこれも真実だ。帝国で語られる逸話も、お前がいま目にしている光景も。その両方をよく覚えておけ」

「…………わかりました」

しばしの沈黙《ちんもく》を挟《はさ》んで頷《うなず》いた。

魔女とは怖《こわ》いもの――

もちろん師匠の教えも理解しようと努力しているが、帝国で生まれたイスカとしては、正直まだその印象《イメージ》を拭《ぬぐ》いきれないのが本心だ。

「いずれわかる。この遠出もそのためのものだ」

師匠が先を歩きだす。

列車の乗降場《ホーム》まで行こうとした矢先。

「ん？」

師匠の胸元《むなもと》で、通信機が鳴り響《ひび》いた。

そこに表示された名をちらりと流し見て、珍《めずら》しくも師匠が舌打ち。

「……面倒くさい奴《やつ》が連絡《れんらく》をよこしてきたな」

「師匠、誰からです？　ジンから？」

「あいにく別人だ。イスカ、お前は先に列車に乗っていろ。……何の用だユンメルンゲン、こんな時に雑用を押しつけてくるな」

誰かと会話しながら遠ざかっていく師匠。

周囲に聞かれるのを嫌《きら》ってか、どんどん乗降場《ホーム》の隅《すみ》っこに行ってしまう。

「師匠？　もう師匠ってば、じゃあ先に乗ってますからね」

ヴィエル共和国行きの列車へ。

窓際《まどぎわ》の自由席で二人分空いているところを見つけて、イスカはそこに陣取《じんど》った。

「もう、師匠ってば意外と電話長いんだよなぁ。間に合うかな」

あと五分で出発だ。

座席に背を預けて、イスカはぼんやりと窓ガラスの向こうを見つめたのだった。

「……遅《おそ》いなぁ師匠」


『間もなく遺跡都市グラーフ行き急行列車が発車いたします。チケットをお持ちの方は乗車してお待ちください』

「イスカ？　おいイスカ」

案内《アナウンス》が響くなか、イスカの師クロスウェルは車内を見わたした。

弟子《でし》の姿がない。

自由席だけでも複数車両ある。探すのはもちろん一苦労なのだが、これだけ名を呼んで現れないのは珍しい。

「俺を待ってまだ列車の外にいるのか？」

念のため列車の外に出る。

と——

クロスウェルが列車の外に出たのと時同じくして、隣《となり》の乗降場《ホーム》に停車していた急行列車が動きだした。

その光景を何となく見送って。

「っ！　イスカ……!?」

クロスウェルは目をみひらいた。

ヴィエル共和国行きの列車だ。その窓ガラスの向こうに、イスカそっくりの黒髪《くろかみ》の少年が乗っているではないか。

「イスカ！」

慌《あわ》てて叫《さけ》んでも時既《すで》に遅し。

弟子を乗せた急行列車は、はるか遠き地めざして猛《もう》スピードで走り去っていく。

「……あいつ」

額に手をあてて、クロスウェルは大きく溜息《ためいき》をついたのだった。

「あらゆる不都合を想定《シミユレート》したつもりだったが、さすがにこれは想定外だ」

あのバカ弟子。

まさか自分が列車を間違えたなどと、夢にも思っていないらしい。

2

「……遅いなぁ師匠《ししよう》」

あくびをかみ潰《つぶ》す。

師匠を待ち続けること一時間以上。窓向こうの景色はとっくに主要駅《ターミナル》を抜《ぬ》けて、広大な荒野《こうや》へと切り替《か》わっている。

「あ、わかった」

頭をよぎった可能性に、イスカは席から飛び上がった。

「師匠ってば僕を困らせようとしてるんだ。さてはどこかに隠《かく》れてるな？」

気まぐれに難題をふっかけられるのも慣れっこだ。

今回もそう。姿を見せないのは俺を見つけてみせろという意図《メッセージ》。

「まったくもう……師匠、隠れても無駄《むだ》ですよ。どうせこんな列車、隠れるところなんて限られてるんだから！」

勢いよく歩きだす。

自由席の車両から指定席の車両に移って、そこにいる乗客の顔を確かめつつさらに奥の車両へ。

その瞬間《しゅんかん》。

ふわりとゆれる金髪《きんぱつ》が、イスカの鼻先をくすぐった。

すれ違《ちが》う。

「…………」

イスカが無意識に振《ふ》り向いたそこには、まばゆい金髪の少女が立っていた。

年齢《ねんれい》は十一か十二か。

自分《イスカ》と同じくらいだろう。豪奢《ごうしゃ》な人形のように端整《たんせい》で愛らしい面立《おもだ》ちで、着ている服は高級品らしい清楚《せいそ》感がある。

何度も着て型崩《かたくず》れしかけた自分《イスカ》の服とは、いかにも違う。

その少女が——

すれ違いざまに立ち止まるや、じーっとこちらを見つめてきていたのだ。

「…………」

「…………」

誰《だれ》だろう？

もしや疑われてる？　ここは指定席の車両で、自由席のチケットしか買えない貧乏《びんぼう》人は入ってくるなという暗黙《あんもく》の視線かもしれない。

車掌《しゃしょう》を呼ばれる前に移動しよう。

そう判断して、イスカは背を向けて歩きだした。今の自分は、師匠を探さねばならないのだから。

黒髪の少年がくるりと背を向けた。

こちらが声をかける間もなく奥へと歩いて行ってしまう。もともとすれ違っただけで、彼はきっと別の車両に用があったのだろう。

「……いっちゃったわ」

その背中が見えなくなるまで見守っているうちに、後ろから足音が。

「アリス様」

「…………」

「アリス様、もう、いけませんよ。勝手に席を離《はな》れてしまわれては」

「ねえ聞いて！ レンレン！」

ぱっと振り返るや、アリスは、レンレンと呼ぶ大人の女性に抱《だ》きついた。

親子ではない。

二人の関係は、主従である。

魔女《まじょ》の楽園「ネビュリス皇庁《おうちょう》」の王女と、それにつき従う護衛。

「アリス様、心配しましたよ」

抱きついてくるアリスの頭を撫《な》でるレンレン。

彼女が眼鏡をかけているのは変装用。冬用のぶ厚いコートを着ているのは、その内側にいくつもの武器を仕込んでいるためだ。

「まったくアリス様、目を離した隙《すき》にすぐいなくなってしまうんだから」

「ねえねえレンレン！　そんなことより！」

当のアリスは、レンレンの話などまるで耳に入っていない。それくらいの「大発見」があって頭がいっぱいだ。

「男の子がいたの！」

「はい？」

「わたしと同じくらいの子がいたの。目の前を通り過ぎていったわ！」

「……ああ、そういうことですか」

興奮するアリスに、護衛のレンレンがふっと口元をゆるめた。

アリス――アリスリーゼ・ルゥ・ネビュリス９世のまわりには同世代の男子がいない。

年齢が近いのは女子ばかり。

学校のかわりに専属教師から指導を受けるアリスにとっては、一般《いっぱん》の女子たちのように学校で男子と言葉をかわす機会もない。

だから、男子とすれ違う経験が珍しく思えたのだろう。

「あのねレンレン、わたしこっそりその子を見てたのよ。そうしたら男の子も振り向いて、わたしのこと見てきたの！」

「アリス様はお綺麗《きれい》ですからね」

「……話しかければよかったかしら」

「あまり感心いたしません。さ、アリス様こちらへ」

護衛のレンレンが、アリスを手招き。

自分たちの前後両隣《りょうどなり》にあたる席は無人だが、これは人払《ひとばら》いのためにレンレンが座席を買《か》い占《し》めておいたものだ。

「アリス様のご身分が、万が一にも周りに漏《も》れてしまったら大騒《おおさわ》ぎです」

レンレンが小声で耳打ち。

「今は訳あっての遠出です。護衛も私しかおりませんし、帝国《ていこく》軍に見つかったら厄介《やっかい》です」

この列車が向かうのはヴィエル共和国。

帝国とは縁《えん》のない中立国だが、帝国軍が世界中のいたるところに諜報《ちょうほう》機関を配置しているのは周知の事実。

「魔女だと叫ばれて街中を追いかけられるのは、アリス様だってお辛《つら》いでしょう？」

「だいじょうぶよレンレン、わたしの星霊《せいれい》はすごいんだから！」

レンレンの不安をよそに、アリスは自信満々に胸をそらしてみせた。

「帝国軍だってわたしの星霊で一発よ。女王様《おかあさま》にも褒《ほ》めてもらったんだから」

「ええ。ですが女王様はこうも言っておられましたよ。『アリス、あなたの星霊術はまだ使うべきではありません。完璧《かんぺき》な制御《せいぎょ》ができるまで』と」

「……言われたわ」

「制御に時間がかかるのは恥《は》ずかしい事ではありません。それだけアリス様の星霊が強いという証拠《しょうこ》です」

王女アリスの星霊は強力だが、そのぶん制御が難しい。

万が一、帝国兵との戦闘《せんとう》が起きたとして――

アリスの星霊術が暴発すれば、その強すぎる冷気は、帝国兵ごとまわりのビルや無関係の人間まで巻きこむだろう。

「帝国ほど顕著《けんちょ》ではありませんが、中立国にも、私たち星霊使いを恐《おそ》れている者はいます。アリス様の術がそんな彼らを傷つければ……」

「……怖《こわ》がられちゃう？」

「はい。我が国は世界から孤立《こりつ》してしまいます。私たち星霊使いは戦場以外での星霊術は御法度《ごはっと》なのです。特に街中では」

「……わかったわ」

星霊の力が諸刃《もろは》の剣《つるぎ》であることは、アリスも身に染《し》みて知っている。

星霊術を覚えたての頃《ころ》——

こっそり地面をちょっと凍《こお》らせようとしたアリスの「無邪気《むじゃき》」は、結果、広大な王宮の中庭を丸ごと氷の彫刻《ちょうこく》へと変貌《へんぼう》させた。

庭に停車していた大型車やバイクなど丸ごとだ。

幸いにして犠牲者《ぎせいしゃ》は出なかったが、その光景に、星霊術が単なる便利な力ではない事をアリスは恐怖《きょうふ》とともに思い知った。

「……列車が着くまで本を読んでればいい？」

「それが一番です」

「……時々、列車の中を歩くのは？」

「できれば控《ひか》えてください。先ほどの男子とすれ違って、同年代の子に好奇心《こうきしん》を持たれるお気持ちはわかりますが」

そう窘《たしな》めながら、レンレンはふっと微苦笑《びくしょう》した。

「とはいえアリス様も、同年代で仲良くできる子がいるべきですね。男子となると何かと問題ですが女子なら問題ないでしょう」

「……それは、だれ？」

「私の姪《めい》に、アリス様と一つ違いの子がいます。燐《リン》と申しまして、ルゥ家にお仕えするために小さい頃から大変勉強熱心です」

「燐？」

「はい。あの子も早く修行《しゅぎょう》を終えて、アリス様にお仕えするのを楽しみにして――」

レンレンの声が掻《か》き消された。

けたたましい緊急警報《サイレン》が、列車の全車両で同時に鳴りだしたのだ。

「っ、何事だ⁉」

レンレンが座席から立ち上がった。

服の内側に手を忍《しの》ばせたのは、すぐにでも武器を取りだすためだろう。

ざわざわと。

アリスやレンレンから離れた指定席の乗客たちも、この突然《とつぜん》の緊急警報《サイレン》に不安を覚えて立ち上がり始めている。

「レンレン、これ王宮でも聞いたことあるわ」

「はいアリス様。ですが王宮の緊急警報《サイレン》は、帝国軍の侵入《しんにゅう》を想定した避難訓練《ひなんくんれん》用。これは、間違《まちが》いなく本物の緊急警報《サイレン》です」

「……帝国軍？」

「いえ。それは考えにくいです」

アリスを狙《ねら》って帝国軍が襲撃《しゅうげき》してきた？

ありえない。この大陸鉄道は世界協定による非武装地帯だ。帝国軍とて容易にその協定を破ろうとは思うまい。

だとすれば、この緊急警報《サイレン》はいったい？

『ヴィエル共和国行き第3号に乗車中のお客さまへ。緊急のお知らせです。現在、本車はガラト荒野《こうや》をまっすぐ東に進んでおりますが――』

車内放送。

アリスやレンレンを含《ふく》む乗客たちが一斉《いっせい》に静まりかえる。

『恐竜《レックス》と呼ばれる大型肉食《にくしょくじゅう》獣の群れが接近しつつあります。この荒野の遥《はる》か南に生息していたものが北上してきたものかと思われます』

「……恐竜《レックス》だって⁉」

誰かの怒鳴《どな》り声。

秘境に棲《す》む大型肉食獣を「徊獣《かいじゅう》」と総称《そうしょう》するが、恐竜《レックス》はその代表格だ。

大陸の広範囲《こうはんい》に生息しており、獰猛《どうもう》かつ好戦的。目の前で動くものすべてに片《かた》っ端《ぱし》から襲《おそ》いかかる習性を持っている。

その恐竜《レックス》の群れに、この列車が狙われている？

『ですがご安心ください。本車両には、こうした有事に備えて優秀《ゆうしゅう》なハンターが同行しています。皆《みな》さま落ちつ――』

轟音《ごうおん》が、放送を掻き消した。

窓ガラスの割れる音。続いて何かが体当たりしてきたような衝撃《しょうげき》が走って、その最後に、獰猛な獣《けもの》の雄叫《おたけ》びをアリスは聞いた。

3

窓ガラスが粉々に砕《くだ》け散った。

続けざまに、イスカの後ろの壁《かべ》がミシッと鈍《にぶ》い音を立てて陥没《かんぼつ》。

「きゃあっ⁉」

「恐竜《やつら》だ！　体当たりしてきやがった⁉」

落ちつくどころの騒ぎではない。

なにしろ自分たちの車両の窓ガラスが砕けて、闇夜《やみよ》のなか、恐竜《レックス》の獰猛な爪《つめ》が見え隠《かく》れしている《・・・》のだ。

既《すで》に恐竜《レックス》の群れに囲まれている。

「ハンターは⁉　ハンターはどこだ！」

「奥だ！　向こうの車両に逃《に》げろ！」

我先にと乗客が走りだす。

荷物を抱《かか》える余裕《よゆう》もないままに隣《となり》の車両へ一斉避難《いっせいひなん》。

──気づけば。

この車両に残されたのは自分《イスカ》一人だけ。

「……恐竜《レックス》だって」

イスカが呟《つぶや》いたと同時、鼓膜《こまく》が割れんほどの銃声《じゅうせい》が響《ひび》きわたった。

ハンターたちの機関銃だろう。ガラスの飛び散った窓の向こう、銃の火花が煌《きら》めくのが確かに見える。

が──

闇夜のなか、全長五メートルはあろう大型肉食獣の影《かげ》が浮《う》かびあがった。

効いてない。

銃弾《じゅうだん》を浴びた痛みでむしろ凶暴《きょうぼう》化しつつある。

「……だめだ、このままじゃ！」

車両に侵入されるのも時間の問題だ。

その悪寒《おかん》に、イスカが思い浮かべたのはハンターではなく、列車のどこかにいるはずの帝国最強の剣士《けんし》である。

「師匠《ししょう》、こんな時に限って何してるんです……！」

この騒ぎでも現れない。

いや、既にどこかで恐竜《レックス》と戦っているかもしれない。

一つ確かなことは――

今ここに帝国最強の剣士はいない。いるのは自分《イスカ》一人だということ。

〝ありとあらゆる不運と不都合を想定《シミュレート》しておけ〟

〝その幾《いく》つかは必ず起きる。戦場であろうとなかろうと〟

「ああもう、こういう時だけ当たるんだから！」

旅行鞄《りょこうかばん》を開ける。

何重巻きにもしていた布を解《ほど》いて、イスカが取りだしたのは一振《ひとふ》りの護身刀。恐竜《レックス》を相手にするには心許《こころもと》ないが、武器と呼べる手持ちはこれきりだ。

「……落ちつけ僕……」

護身刀を握《にぎ》りしめ、イスカはあたりを見回した。

無策で挑《いど》める状況《じょうきょう》じゃない。

自分の命を守る。乗客も救う。恐竜《レックス》の群れを追い払《はら》う。このすべてを達成するには、まず自分《イスカ》が絶対有利な場でなければならない。

「……どこなら……」

みしっ

車両の壁が、鋭《するど》い爪のかたちに凹《へこ》んだ。

恐竜《レックス》の群れが列車に食《く》らいつき、爪を立ててしがみついているのだろう。その光景を思い描《えが》いて——

「そうだ。屋根上なら……！」

叫《さけ》ぶや、イスカは旋風《せんぷう》のごとき勢いで車両の外へ飛びだした。

車両を繋《つな》ぐ連結部へ。

その側面にあるハシゴに手をかけて、屋根の上へと飛び移った。

「くっ……」

吹《ふ》きすさぶ夜風に煽《あお》られる。

猛烈《もうれつ》な勢いで走る急行列車の上だ。足を滑《すべ》らせればすぐさま地上に転落してしまう危険な足場だが、ここでいい。

「そこだ!」

屋根の上をまっすぐ駆《か》ける。

車両の端《はし》まで駆け抜《ぬ》けて、通り過ぎざま、その右手に握った護身刀で宙を薙《な》ぐ。

『——ッッ!』

恐竜《レックス》の怒号が轟《とどろ》いた。

通り過ぎざまにイスカが斬《き》ったのは、恐竜《レックス》の爪。

壁に突《つ》き立てていた爪を斬り落とされたことで、屋根によじ登ってくる恐竜《レックス》が支えを失って転がり落ちていく。

これで一体。

「……いける!」

恐竜《レックス》は大型の肉食獣だ。

獲物《えもの》に食らいつく習性で列車に飛びついてくる。その爪を狙って斬り落とせば、壁にしがみつくことができなくなって転がり落ちるのみ。

「来い、何匹《びき》でも叩《たた》き落としてやる！」

夜風の吹くなか喉《のど》を嗄《か》らして叫んだ。自分を鼓舞《こぶ》するために。

怖い。

師匠との組み手で、人間との戦いは嫌《いや》というほど慣れている。だがこんな大型の肉食獣との実戦は初めてだ。

まだ十一歳という子供《イスカ》にとって、血に飢《う》えた恐竜《レックス》はあまりに大きな怪物《かいぶつ》なのだ。

「っ！」

風に流されてきた甲高《かんだか》い悲鳴に、振り返った。

「……向こうの車両か！」

風に煽られながら屋根を駆け抜け、隣の車両へと飛び移る。

いた。

屋根によじ登ろうとする恐竜《レックス》。イスカを見るなり威嚇《いかく》の咆哮《ほうこう》を放つ獣へ、床《ゆか》を蹴《け》ってさらに加速する。

——怯《おび》えるな。

ここで防衛する以外に手立てはない。

この肉食獣たちが列車の上に登りきれば、屋根伝いに機関部が襲われて列車が止まる。

そうなれば乗客すべてが恐竜《レックス》の餌食《えじき》になるだろう。

「上がらせるものか！」

無心で剣を振るう。

一刀両断した爪もろとも、二匹目の恐竜《レックス》が列車から地面へと転落。

「……っ……はぁ……っ」

まだ数分と動いてないのに、自分でも信じられないほどに息が荒々《あらあら》しい。

ただの疲労《ひろう》ではない。

命を賭《と》した戦場の重圧感《プレッシャー》に息が詰《つ》まりそうになる。

「次は⁉ 今度は前か……⁉」

この闇夜では目よりも聴覚頼《ちょうかくだよ》りだ。恐竜《レックス》の気配がする方へと駆けつける。

「そこだ！」

薄明《うすあ》かりに照らされた肉食獣めがけ、剣を振るう。

が。

「痛《つ》っ⁉」

悲鳴を上げたのはイスカだった。

電流が走ったかのような鋭い痛みが走り、手首から肘《ひじ》が痺《しび》れて動かない。

剣を弾《はじ》かれた。

イスカの気配を感じ取った恐竜《レックス》が、獲物《イスカ》めがけて前脚《まえあし》を振り上げたのだ。かろうじて護身刀で防いだはいいが。

「ぐ……っ」

右手が痺れて動かない。

「……この、落ちろ！」

刀を左手に持ち替《か》えて、列車の壁にしがみつく恐竜《レックス》めがけて再び斬りつける。

これで三体。

そんなイスカの背後で、機関銃の一斉掃射《いっせいそうしゃ》が鳴り響いた。

「……最後車両にまだいるのか！」

息を整える間もない。

不安定極《きわ》まりなく揺《ゆ》れ動く車両を飛び越《こ》えて、奥の車両へ。

イスカはまだ気づいていなかった。

この暗闇のなか、自分の護身刀に小さな罅《ひび》が生まれていたことに。

――――

「恐竜《やつら》、窓を破って乗りこんで来やがった！」

「10号車はもうだめだ、車両ごと切り離《はな》す！　今すぐ隣の9号車に避難《ひなん》しろ！」

ジジッ……。

車内の照明が激しくちらつく。

最後車両に追いついた恐竜《レックス》たちが、電気ケーブルを次々と食いちぎっている。

アリスにその惨状《さんじょう》は見えないが、ハンターたちの逼迫《ひっぱく》した怒鳴《どな》り声《ごえ》からも、今の状況は火を見るより明らかだ。

「…………」

指定席でうずくまる。

ハンターの指示どおり――周りの乗客と同じように、アリスは自分の席に座って無言で耐《た》え忍《しの》んでいた。

それが最も安全だと言われたからだ。

…………。

…………本当に、本当に？

子供《アリス》には大人の作戦なんてわからない。

だがじっとしていることで、胸中に、「これが本当に正しいの？」という気持ちが泡《あぶく》のように浮かんでくるのを感じる。

なぜなら――

自分《アリス》には、この窮地《きゅうち》を救えるかもしれない力があるからだ。

強大な星霊《せいれい》の力。

唯一《ゆいいつ》の懸念《けねん》は、制御《せいぎょ》失敗による術の暴発である。

女王《はは》にも止められている危険な力であるのは確かだが、もし制御できたなら、この力は必ずや乗客の命を救うことができるはず。

「……レンレン。あのねレンレン」

隣《となり》の護衛に話しかけようとした寸前。

ミシッ、と。

窓ガラスが粉々に弾《はじ》け飛び、窓枠《まどわく》から丸太のように太い恐竜《レックス》の腕《うで》が飛びこんできた。

外の肉食獣《にくしょくじゅう》が、車両内の人間めがけて手を伸《の》ばしてきたのだ。

「っ！」

ぞわりとアリスの背筋が凍《こお》りつく。

目の前に迫《せま》った敵めがけて、半ば無意識のうちに星霊術を発動――

「いけませんアリス様！」

立ち上がったところを、護衛のレンレンに腕を摑《つか》まれた。

星霊術は使うな。

言葉にされずとも、レンレンが何を言いたいかは目を見ればわかる。わかるのだが……

そうしてる間にも乗客の悲鳴は膨《ふく》れ上がる一方だ。

「い、いやぁぁっっ⁉」

「下がれ！　くそ、この車両まで侵入《しんにゅう》する気か！」

すぐ向こうでは、子供連れの母親が絶叫《ぜっきょう》。

駆けつけてきたハンターが、列車の壁《かべ》にしがみつく恐竜《レックス》めがけて機関銃《きかんじゅう》で一斉射撃《いっせいしゃげき》。

「アリス様」

鳴りやまぬ銃声に声を紛《まぎ》らせて、レンレンがそっと囁《ささや》いてきた。

「アリス様のお気持ちは立派です。何を望んでおられるか痛いほどわかります」

「…………」

「ですが今はどうか抑《おさ》えてください。アリス様の星霊は、ご無礼を承知で申し上げますが、恐竜《レックス》よりも甚大《じんだい》な被害《ひがい》をもたらしてしまう危険があるのです」

「……わかってるわ」

何てもどかしいのだろう。

王女として。星霊使いとして。

自分には窮地を切り抜ける力があるのに、その力を制御できないという未熟さゆえに何もできない。

――否《いな》。

何もできないんじゃない。

何もするなと言われて、それに反論できないから悔《くや》しいのだ。

「ハンターたちに任せましょう」

「……でも！」

拉《ひし》げた窓枠を指さして、アリスは堪《たま》らず吼《ほ》えた。

もう限界に来ている。

乗客もハンターも、この列車も。

「窓が割られたのよ！　恐竜《レックス》がどんどん列車に飛びついてきてる。屋根に登って上から近づかれて――――……………え？………」

思わず目を疑った。

アリスが指さす窓の向こうで、恐竜《レックス》が上から、降ってきたのだ。

屋根の上から転がり落ちていく。

たまたまバランスを崩《くず》して滑《すべ》り落ちたのか？　そう思ったアリスの前で、さらに別の恐《レッ》竜《クス》が転がり落ちていくではないか。

ハンター？

いや、この場のハンターは車両内を守るのに手《て》一杯《いっぱい》だ。外にいるわけがない。

「……誰《だれ》かが屋根の上にいるの？」

おそるおそる窓に近づいていく。

無事な窓ガラスに手をついて、列車の外を見上げてみる。

「アリス様⁉　いけません窓から離れて！」

「――――」

レンレンの制止は、アリスの耳には届かなかった。

列車の外で目撃した衝撃《しょうげき》の光景を前にして、アリスは無我夢中だったからだ。

アリスが見つめる屋根の上で――

黒髪《くろかみ》の少年が、小さな刀一本で恐竜《レックス》を次々と列車から落としていた。

「あの時の男の子⁉」

今度こそ開いた口が塞《ふさ》がらなかった。

昼間にすれ違《ちが》った男の子。彼が、極寒《ごっかん》の闇夜《やみよ》のなか、列車の上によじ登ろうとする恐竜《レックス》の群れをたった一人で食い止めていたのだ。

「……そんな、危ないわ！」

銃で遠距離《えんきょり》から攻撃《こうげき》するのとは訳が違う。

とてつもなく不安定な屋根の上で、たった一人で、あんな小さな刀で恐竜《レックス》に直接斬《き》りかかる。考えるだけでゾッとする離《はな》れ業《わざ》だ。

自分《アリス》なら怖《こわ》くて絶対できない。

大人のハンターたちでも身が竦《すく》んでしまうだろう。なぜ、あの男の子だけがあんなにも奮闘《ふんとう》できるのか。

——否。

なぜ彼ができるのかは、問題じゃない。

なぜ自分が何もしていないのかこそが、この葛藤《かっとう》の根源なのだから。

でき、い、いるはずなのに。

星霊使いの王女として生まれた自分の力は、「こんな時のため」にこそ与《あた》えられたものではないのか？

「……っ！」

黒髪の少年が小さくのけぞる姿に、アリスは瞬時《しゅんじ》に我に返った。

刀がへし折れた。

暴れる恐竜《レックス》の攻撃を躱《かわ》しきれずに刀が半ばからへし折られ、その勢いに吹《ふ》き飛ばされた少年が倒《たお》れこむ。

そこへ、屋根に這《は》い上がった恐竜《レックス》が襲《おそ》いかかって――

「だめ！」

「アリス様⁉」

無我夢中で、アリスは車両の外へと飛びだした。

護衛のレンレンの腕を振《ふ》りきって、銃を構えたハンターたちの横を通り過ぎ、乗客たちをすり抜《ぬ》けて。

車両間の連結部へ。

――同時だった。

息を切らせて外に出たアリスが頭上を見たのと、刀を失った少年めがけて二体の恐竜《レックス》が飛びかかった瞬間が。

そして悟《さと》った。

迷っている時間はない。自分が迷ってしまえば彼は命を落とす。

だから――

「お願い、星霊よ！」

無我夢中で。

アリスは、自らの肉体《うち》に宿った星霊に命じていた。

思い描《えが》いたのは「氷の盾《たて》」。術の暴走は絶対に許されない。そしてどうか、この冷気が彼を傷つけることのなきように。

星霊よ。

「守って！」

＝＝＝＝

真っ青に輝《かがや》きながら、凍りついていた。

水晶《すいしょう》のように透《す》きとおった氷の壁。

それが宙から突然《とつぜん》に聳《そび》え立ち、恐竜《レックス》たちの突撃を弾《はじ》き返した。

まるで氷の盾のごとく。

「……え？」

額からの出血で霞《かす》む視界のなか、イスカはきょとんと目を瞬《また》かせた。

何が起きた？

師匠《ししょう》から与えられた護身刀がへし折られ、イスカ自身、恐竜《レックス》の攻撃を受けとめ損《そこ》ねて負傷した。そんな絶体絶命の状況《じょうきょう》で——

この氷の壁はいったい？

「しゃがんで！」

「っ！」

吹きこむ夜風に攫《さら》われたか細い声。誰の声かもわからぬまま身を屈《かが》めたイスカの頭上を、次々と冷たいものが掠《かす》めていく。

それは無数の氷の礫《つぶて》。

氷の弾丸《だんがん》として撃《う》ちだされた無数の礫が、恐竜《レックス》の群れを転がり落としていく。

「星霊術《せいれいじゅつ》!?」

しんと静まる列車の屋根上。

イスカが慌《あわ》てて振り返った時にはもう、背後にいたはずの「誰か」はいなくなっていた。

あんな氷が突然空から降ってくるわけがない。

間違いなく星霊術だ。それもかなり強力な使い手の魔女《まじょ》が、偶然《ぐうぜん》同じ列車に乗り合わせていたのだろう。

そして恐竜《レックス》を追い払《はら》った。

「……………僕、助かった……？」

死力を使い果たし、イスカはその場に倒れこんだ。

護身刀が折られただけではない。

既《すで》に体力は底をつき、集中力も途切《とぎ》れかけ、文字どおり死地の状況だった。

「……………うそ……」

助かったことが信じられない。

だがそれ以上に——

まさか魔女が、帝国《ていこく》人の自分を助けてくれるなんて。

これは偶然だ。

自分を助けてくれた魔女も、帝国から離《はな》れた地の少年が、まさか帝国人とは思っていなかったからこそだろう。

「……でも」

自分が「魔女に助けられた」事実は揺《ゆ》るぎない。

さらに言えば、帝国では残忍《ざんにん》で残虐《ざんぎゃく》だと教わってきた魔女が、他の乗客を助けるために力を使うこともイスカには信じられなかった。

〝帝国で語られる逸話《いつわ》も、お前がいま目にしている光景も〟

〝その両方をよく覚えておけ〟

「……師匠？……これが…………」

イスカが我に返った時には。

ハンターたちの銃声《じゅうせい》は消えて、恐竜《レックス》たちの気配も嘘《うそ》のように消えていた。

「あ……」

真っ暗な地平線。

その先に灯《とも》っている光が都市の薄明《うすあ》かりであると、イスカはようやく気づいた。

到着《とうちゃく》したのだ。
遺跡《いせき》都市グラーフに――

4

「お前が乗ったのはヴィエル共和国行きの機関車だ」

「嘘でしょう⁉」

機関車が到着した駅の乗降場《ホーム》で。

先回りしていた師匠の放った第一声に、イスカは悲鳴を上げた。

「遠路はるばる別便で追いかけた。お前の機関車が大きくスピードを落としたことで俺の方が先に到着したわけだが」

イスカの乗ってきた機関車をちらりと見やって、師匠が嘆息《たんそく》。

窓ガラスはことごとく罅《ひび》割れて。

車両の壁《かべ》には、恐竜《レックス》の爪痕《つめあと》が生々しく刻まれている。

「ずいぶん派手なレースをしたらしいな」

師匠の目が、イスカの握《にぎ》っている護身刀へと向けられた。

半ばから折れ砕《くだ》けた刀を見下ろして。

「それはどうした？」

「折れました」

「折りました、だ。お前の使い方が悪い」

まったくもって容赦《ようしゃ》ない。

と思いきや、帝国最強の剣士《けんし》はいつになく饒舌《じょうぜつ》な口ぶりで。

「使い方は悪いが、その使い途《みち》で間違ってない」

「……え？」

「剣はただの消耗品《しょうもう》だ。国宝だろうが銘刀《めいとう》だろうが片《かた》っ端《ぱし》から折っていけ。それで救えるものがあるのなら」

「もしかして褒《ほ》めてくれてます？」

「今のお前の力量を踏《ふ》まえればな」

ほっと胸をなでおろす。

列車を間違えた挙げ句に剣まで折ってしまった「お叱《しか》り」分が、どうやら恐竜《レックス》との戦いで相殺《そうさい》になったらしい。

「あ……でも師匠、恐竜《レックス》を追い払ったのは僕だけじゃないんです」

「ハンターだろう」

「実はハンターでもなくて……」

「?」

「ええとその、何て言えばいいか」

魔女に助けられました。

その話自体は簡単なのだが、あいにく魔女の顔を見ていないから、それが誰《だれ》だったのか伝えられないのがもどかしい。

自分を助けてくれた魔女は、いったい誰だったのだろう。

「……色々あったんです」

「わかるか阿呆《あほう》」

そんなやりとりをするイスカと師匠から、少し離れた先で——

「あの男の子、どこ行ったのかしら?」

「どうしたのですかアリス様」

「……ううん、何でもないの」

護衛のレンレンに手を握られて、乗降場《ホーム》を後にする金髪《きんぱつ》の少女の姿があった。

その交差が——
黒鋼《くろがね》の後継《こうけい》イスカが、魔女への印象を改めた瞬間《しゅんかん》。
氷禍《ひょうか》の魔女アリスが、自らの秘奥《ひおう》を「氷花」すなわち「盾」にすると誓《ちか》った瞬間。
その後の未来さえ決定づけたことを、二人は知らない。

Secret

あるいは
世界が知らない再会

the War ends the world /
raises the world
Secret File

帝都《ていと》――

機械仕掛《じか》けの理想郷「帝国」の中枢《ちゅうすう》。

およそ百年前、世界で初めて星霊《せいれい》エネルギーの大規模噴出《ふんしゅつ》事象『星脈噴出泉《ボルテックス》』が観測された地である。始祖ネビュリスの反乱で一度は灰となったものの、鋼鉄の都市として生まれ変わった。

ここは、そんな帝都の最奥。

四重構造となっている塔《ビル》の最上部『非想非非想天《ひそうひひそうてん》』、そこで――

『……ふぁ』

銀色の獣人《じゅうじん》が、小さくあくびをかみ殺した。

豊かな全身の毛並みは狐《きつね》のようだが、顔はさしずめ猫《ねこ》と人間の少女を足し合わせたような、ふしぎな人懐《ひとなつ》こさのある相貌《そうぼう》。

子猫のように目が大きく、口の端《はし》にのぞく鋭《するど》い八重歯《やえば》もどこか愛嬌《あいきょう》がある。

ヒトならざる怪物《かいぶつ》――

その正体が天帝ユンメルンゲンだと知れば、帝国の民《たみ》はどれだけ驚《おどろ》くことだろう。

天帝護衛である『使徒聖』さえ薄布《うすぬの》ごしの謁見《えっけん》しか許されない。帝国の最高権力者にして最重要機密が、この天帝本人なのだ。

『もう何年前の話だっけね』

その天帝が、畳《たたみ》をしきつめた広間でのんびりとあぐら座りで座していた。

パチッ

パチッ、と。

戦棋《せんぎ》と呼ばれる旧《ふる》い盤上遊戯《ボードゲーム》を、一人で指しながら。

『お前が話したことがあったよね？　お前のバカ弟子《でし》が、大陸鉄道で乗る機関車を間違《まちが》えたってやつ。そしたらその列車が徊獣《かいじゅう》の群れに襲《おそ》われたとか』

「記憶《きおく》にない」

声は、広間の入り口からだ。

数年に一度もない部外者の来客ではあるが、当の天帝は依然《いぜん》として目の前の盤上遊戯《ボードゲーム》から目を離さない。

『もう忘れたのかい。お前はあの時こう言ったのさ。その列車に、たまたま強力な魔女《まじょ》が乗ってたらしいって。それを調べさせたことがあったんだけど』

「それで？」

『大当たり』

鋭い爪《つめ》が見え隠《かく》れする天帝の指が、「女王」と描《えが》かれた大きな駒《こま》を前に進めた。

皇庁《おうちょう》と帝国。

その両方の陣営を一人で動かしながら。

『現女王……ええと今は８世だっけ。その娘《むすめ》が当時、たまたま外出してたってわかったんだ。お前のバカ弟子と同じ列車に乗ってたんだよ。名前、知りたくない？』

「俺を呼びだしたのは、その件か」

『呼びだしたも何も』

天帝ユンメルンゲンが顔を上げた。

ここ天帝の間に、実に数年ぶりに現れた男──

元使徒聖・第一席、クロスウェル・ネス・リビュゲートが、そこにいた。

かつての天帝護衛。

十数年前にその座を退くと同時期に、天帝の前から立ち去った男だ。

『クロ、最近はどこをほっつき歩いてたんだい？』

「………」

クロと呼ばれた元使徒聖が、小さく嘆息。

「星の民に頼《たの》み事《ごと》があった」

『じゃあずいぶん遠出してたんだね。その用は終わったのかい？』

「まだ半ばだ」

『急ぐといいよ』

あぐら座りの格好から、銀色の獣人が片膝《かたひざ》を立てた。

『始祖《ネビュリス》がそろそろ痺《しび》れを切らして起きてくる。星剣に反応するだろうからね』

「そうだろうな」

『まったく困ったもんだよ。あの魔女はまだ帝国への復讐《ふくしゅう》しか頭にない』

やれやれと首を振《ふ》ってみせる。

こちらを見下ろす長身の男を見上げて、天帝はふと懐《なつ》かしげに目を細めてみせた。

『お前の姉だろ、弟として今度こそ何とかすべきじゃないのかい？』

「それは百年前《あのとき》に諦《あきら》めた」

諦観《ていかん》のまなざし。

天帝ユンメルンゲンからの言葉に、黒鋼の剣奴《けんど》クロスウェルは一切《いっさい》の感情を交えぬ声で、そう応じてみせた。

「俺が動いたところで火に油を注ぐだけだ。俺ではこの星を救えない、お前の下《もと》を離《はな》れる時にそう言った」

『覚えてるさ。だから星剣《せいけん》は別の奴《やつ》に託《たく》すことにした、っていう続きもね』

「……そういうことだ」

黒のコートがひるがえる。

「時間だ」

『もう行くのかい？』

「星の民を待たせるわけにはいかない。奴らは気まぐれだからな」

『そ。じゃあ行きな』

「――――」

『あ、一つ言い忘れてた』

立ち去ろうとする元護衛。

その背中に、天帝ユンメルンゲンが「待った」をかけた。

『大事なことを言い忘れてたよ』

「何だ？」

『第九〇七部隊だっけか。お前のバカ弟子がもうすぐ帝都に戻《もど》ってくるよ。しばらく皇庁にいたらしいけど、メルンが呼びつけておいたから』

「…………」

『何か言いたいこと、あるんじゃないのかい？』

畳の広間でニヤニヤしている獣人を見下ろして、イスカの師は大きな大きな溜息《ためいき》をついたのだった。

「そういう大事なことは先に言え」

あとがき

『キミと僕の最後の戦場、あるいは世界が始まる聖戦 Secret File』（キミ戦）を手に取って頂き、ありがとうございます！

今回、『キミ戦』の短編を初めて読んでみたという方も多いかなと。

こちらですが、ファンタジア文庫の隔月誌《かくげつし》ドラゴンマガジン上で連載《れんさい》している『キミ戦』短編をぎゅっとまとめた特別編です。

通常は読み切りで終わってしまう各短編ですが、今回たくさんの方々に「短編集を！」とのリクエストを頂いたことで、叶《かな》うことになりました。

細音《さざね》にとっても初の短編集でして、楽しんで頂けたら嬉《うれ》しいです！

なお肝心《かんじん》の内容ですが、この『キミ戦』ならではの特徴《とくちょう》として、短編はどれも帝国《ていこく》側と皇庁《おうちょう》側に分かれています。

主人公イスカの帝国と、ヒロイン・アリスの皇庁——

二大国が戦争を繰《く》り広げるなか、イスカの日常風景やアリスの王宮生活など、長編では描《えが》かれてない裏側を掘《ほ》り下げる「Secret File」ということで、短編ならではの新しい一面が描けていたら幸いです。

というわけで、ここからは各話について少しだけ。

◇File.01『あるいは決闘《けっとう》の二重約束《ダブルブッキング》』(2017年9月号)

ちょうど長編2巻が出た時に、ドラマガで掲載《けいさい》された短編です。

アニメで『キミ戦』に興味をもって下さった方にもぴったりの、イスカとアリスの関係に焦点《しょうてん》を当てたお話です。

長編に出てきてない中立都市が出てきて、魔女《まじょ》や魔人が恐《おそ》れられる一面が垣間見《かいまみ》えたり、『キミ戦』の世界観を補強するお話でもあるのかなと。

◇File.02『あるいは激突不可避《げきとつふかひ》の軍事訓練《ブートキャンプ》?』(2018年7月号)

イスカたち第907部隊って、どんな訓練をしているの?

そんな帝国軍の秘密に迫《せま》るお話です。いつもは真面目《まじめ》な訓練をしつつ、時々、璃洒《リシャ》とか司令部の気まぐれでこんな訓練もあったりします。

なおピーリエ隊長は今後も登場予定なので、どこかで見かけたらぜひ応援《おうえん》してあげてください！

◇File.03『あるいは乙女《おとめ》だらけの花園《はなぞの》生活』（２０１９年５月号）
イスカって訓練のない時は何をしてるの？

というわけで、訓練回の後はとても賑《にぎ》やかな帝国の日常回になりました。

男性寮《りょう》でのんびり過ごす……というささやかな願いが、大体いつも音々《ネネ》やらミスミスに邪魔《じゃま》をされてしまうのがイスカです。

あと長編とは違《ちが》った璃洒の一面も、このお話にたっぷり凝縮《ぎょうしゅく》されてます。

（というより、むしろこっちが璃洒の地なのかも）

◇File.04『あるいはアリスの花嫁戦争《ハッピーエンド》？』（２０１９年７月号）
アリス大慌《おおあわ》ての皇庁回です。

このようなアリスなので、お見合い相手は今のところ例外なく意識を失って本国に送り返されるとか……

ちなみに細音的には、最後の女王とのやりとりがお気に入りです。

女王の少女時代もアリスとはまた違った問題児っぷりなので、いつか短編に書きたいなあと。（その時は某魔人《ぼうまじん》も一緒《いっしょ》に）。

◇File.XX『キミと僕の最初の交差』（書き下ろし）

この「Secret File」を象徴《しょうちょう》する、まさに特別な超極秘《ちょうごくひ》エピソードです。

そして実はこれ、『キミ戦』1巻の第3章冒頭《ぼうとう》でも触《ふ》れられた回想シーンの「真実版」でもあります。

もしよければ、1巻の3章冒頭をもう一度ご覧くださいね。

そして師匠《ししょう》！

今まで秘密に包まれていた先代「星剣《せいけん》」所持者の登場です。

短編という限られたボリュームに対し、それ以上にたくさんの「秘密」がこれでもかと詰《つ》め込まれたお話なので、楽しんで頂けたら嬉しいです！

◇Secret『あるいは世界が知らない再会』（書き下ろし）

この短編集のエピローグにあたる師匠&天帝《てんてい》回。

天帝が、師匠についてとんでもない秘密をさらっと口にしている気がしますが、こちらは次の長編をお楽しみに。

ちなみにこのエピローグが、短編集でもっとも時系列が「最新」です。天帝と師匠の再会が、次の長編10巻という未来にどう繫《つな》がっていくのか――

ぜひぜひ、ご期待くださいね！


……さて。本編のお話はここまでにしつつ。ここからはお知らせを。

▼TVアニメ『キミ戦』、今年10月より放送開始！
遂《つい》に放送時期が決定です！
お待たせしましたTVアニメ化企画《きかく》ですが、この本のオビでも謳《うた》っているように今年の10月から放送開始です！
加えて、アニメ情報も次々と公開されつつあります！
特にキャストさんについて――
イスカ役（小林裕介《こばやしゆうすけ》様）
アリスリーゼ・ルゥ・ネビュリス9世役（雨宮天《あまみやそら》様）
２０１８年公開の『キミ戦』オーディオドラマのお二人が、TVアニメでも引き続き、主人公とヒロインを演じて下さることが決定しました！

これが本当に嬉しく、そして心強いです。

もちろんミスミス隊長やジンと音々、燐《リン》や璃洒、女王、さらには師匠も！

この短編集にも登場した長編の重要人物たちも参戦し、着々とアフレコ（音声収録）が始まっています。

最高の布陣《ふじん》を揃《そろ》えて頂いていますので、どうかお楽しみにです！

なお、アニメの最新情報ですが、

『キミと僕の最後の戦場、あるいは世界が始まる聖戦』公式アカウント、

(https://twitter.com/kimisen_project)

こちらで更新《こうしん》されていく予定です。よければぜひご覧くださいね！


そして、少しだけ同時並行シリーズのことも——

現在MF文庫Jで連載中の物語が、いよいよクライマックスです。
▼『なぜ僕の世界を誰《だれ》も覚えていないのか？』（『なぜ僕』）
小説８巻まで刊行中。

次の最新９巻が、いよいよ８月25日頃《ごろ》刊行です。漫画《まんが》版も月刊コミックアライブにて連

載中なので、こちらも応援して頂ければと！


さて……

あとがきも終盤《しゅうばん》なので、少しだけ私的スペシャルサンクスを。

今回も極上のカバーを描きあげて下さった猫鍋蒼《ねこなべあお》先生、ありがとうございます！

ドラマガ7月号のアリス表紙もとびきり素敵《すてき》でした！

そして、もうお一方――

キミ戦6巻からの担当Y様が、この短編集から異動になりました。

担当して下さった期間こそ短めながら、細音啓《けい》オフ会から始まり、ファンタジア大感謝祭でのアニメ化発表、アニメの脚本《きゃくほん》会議など、アニメやメディアミックスに関《かか》わる大事な企画を全力で支えて下さいました。本当にありがとうございます！

そして新担当O様、S様――

Y様から交代してすぐに『キミ戦』短編集やアニメ企画に全力を尽《つ》くして下さって、本当に心強く感じています。これからのアニメ放送、そして小説の盛り上がりに向けて、どうかよろしくお願いいたします！

次回、『キミ戦』10巻。

剣士《けんし》イスカと魔女姫《まじょひめ》アリスの物語――

帝都を目指すイスカたちの前に立ちはだかる強敵。一方でアリスは、再び、最古にして最強の大魔女と対峙《たいじ》する。

二人の織りなす今まで以上の激戦に、どうかご注目ください。


ではでは――

8月25日頃、『なぜ僕』9巻刊行予定。

10月20日頃、『キミ戦』10巻刊行予定。

さらに。

TVアニメ『キミ戦』も、小説10巻と同じく10月から放送開始です！

今年の夏と秋は『なぜ僕』&『キミ戦』で大盛り上がりにできるよう頑張《がんば》りますので、ぜひぜひお楽しみにです！

夏になりかけの夜に　細音《さざね》啓《けい》

次回予告

昔話をしてあげようか
あの始祖が、まだ帝都で暮らしていた少女の時代の。

突如現れた天帝ユンメルゲン。その言葉に従って、
イスカたちは帝都に向かう。
囚われの燐の救出へ。そして百年前の真実のため。
それに呼応するが如く、皇庁でも、女王代理となった
アリスに激動の選択が突きつけられて——

至高の魔女と最強の剣士の舞踏、第10幕。
古き星の禁断が、百年の眠りから放たれる。

Information
**TVアニメ
2020年10月
放送開始!**

キミと僕の最後の戦場、
あるいは世界が始まる聖戦 10

2020年秋発売予定

お便りはこちらまで
〒一〇二—八一七七
ファンタジア文庫編集部気付
細音啓（様）宛
猫鍋蒼（様）宛

富士見ファンタジア文庫

キミと僕《ぼく》の最後《さいご》の戦場《せんじよう》、
あるいは世界《せかい》が始《はじ》まる聖戦《せいせん》 Secret File

令和２年７月20日　初版発行
令和２年９月20日　再版発行

著者――細音《さざね》　啓《けい》

発行者――三坂泰二
発　行――株式会社KADOKAWA
〒102-8177
東京都千代田区富士見2-13-3
0570-002-301（ナビダイヤル）
印刷所――株式会社暁印刷
製本所――株式会社ビルディング・ブックセンター

※定価はカバーに表示してあります。
●お問い合わせ
https://www.kadokawa.co.jp/（「お問い合わせ」へお進みください）
※内容によっては、お答えできない場合があります。
※サポートは日本国内のみとさせていただきます。
※Japanese text only

ISBN978-4-04-073730-0 C0193　◇◇◇

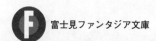

世界最強の
“不可能任務”に挑む少女たちの
痛快スパイファンタジー！
スパイ
教室
竹町
illustration
トマリ

ティナ
四大公爵家のひとつ、ハワード家に生まれた公女殿下。なぜか誰でも扱える程度の魔法すら使うことができない。
変えるはじめましょう
アレン
公爵令嬢ティナの家庭教師を務めることになった青年。魔法の知識・制御にかけては他の追随を許さない圧倒的な実力の持ち主。
発売中!

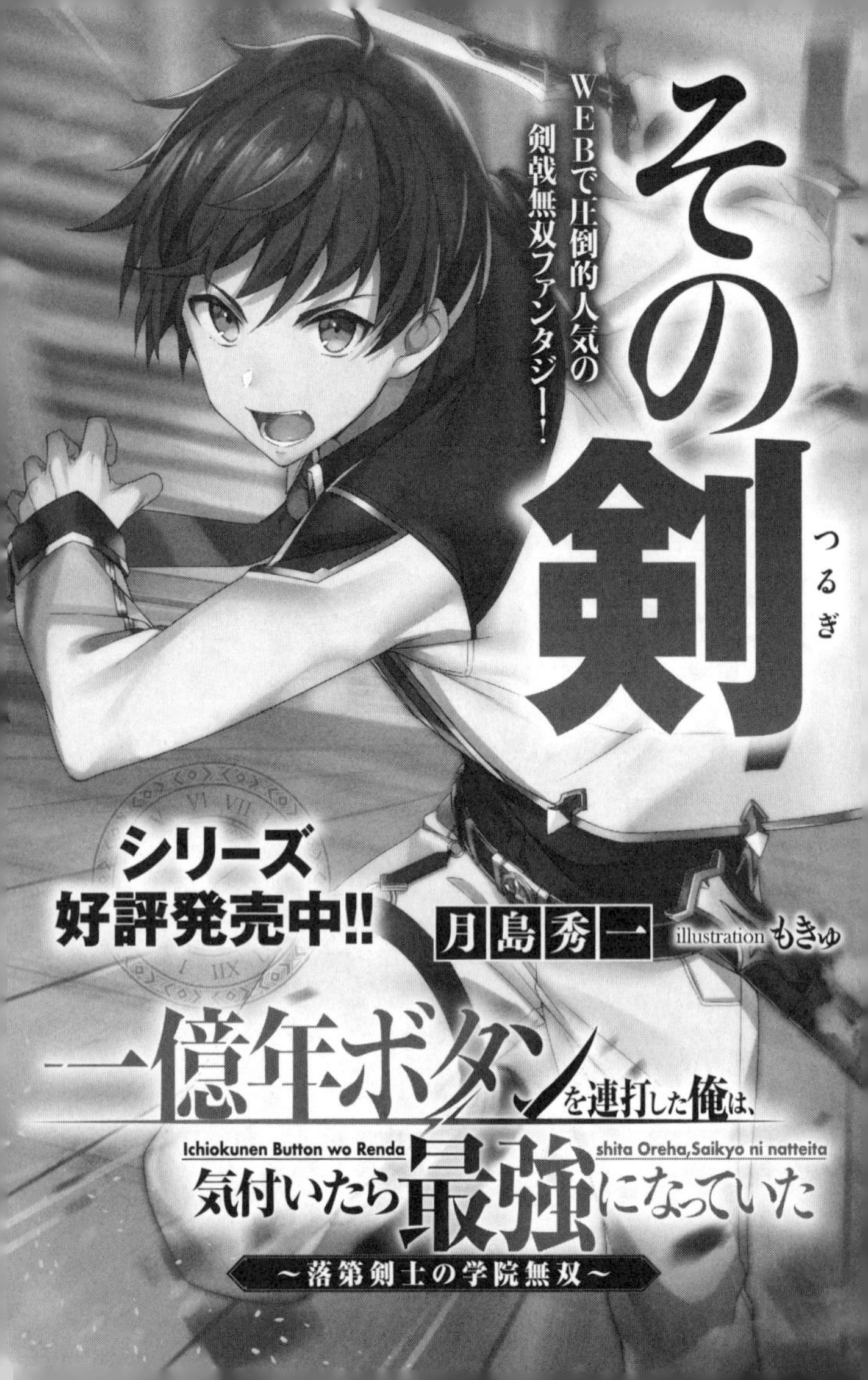

WEBで圧倒的人気の
剣戟無双ファンタジー!!
その剣《つるぎ》
シリーズ
好評発売中!!
月島秀一
illustration もきゅ
一億年ボタンを連打した俺は、
Ichiokunen Button wo Renda shita Oreha,Saikyo ni natteita
気付いたら最強になっていた
～落第剣士の学院無双～

STORY

周囲から『落第剣士』と蔑まれる少年アレン。彼はある日、剣術学院退学を賭けて同級生の天才剣士と決闘することになってしまう。勝ち目のない戦いに絶望する中、偶然アレンが手にしたのは『一億年ボタン』。それは「押せば一億年間、時の世界へ囚われる」呪われたボタンだった!?　しかし、それを逆手に取った彼は一億年ボタンを連打し、十数億年もの修業の果て、極限の剣技を身に付けていき——。最強の力を手にした落第剣士は今、世界へその名を轟かせる!

切り拓け！キミだけの王道
ファンタジア大賞
原稿募集中！
賞金
《大賞》300万円
《金賞》50万円
《銀賞》30万円
選考委員
細音啓「キミと僕の最後の戦場、あるいは世界が始まる聖戦」
橘公司「デート・ア・ライブ」
羊太郎「ロクでなし魔術講師と禁忌教典《アカシックレコード》」
ファンタジア文庫編集長
前期締切 8月末日
後期締切 2月末日
公式サイトはこちら！ https://www.fantasiataisho.com/
イラスト／つなこ、猫鍋蒼、三嶋くろね